AF196888

Mädchenhandel

Ein Kriminalroman aus meiner Serie
„Der Fuchs"

Das Buch
Im Mittelpunkt dieses Krimis steht Ferdinand Köstel. Von seinen Kollegen wird er auch hochachtungsvoll der >Fuchs< genannt. Köstel ist Oberinspektor beim Landeskriminalamt. Seine große Erfahrung und seine Menschenkenntnis sind die Bausteine seiner Erfolge. Köstel ist immer bedacht, dass Erfolge nur seinem gesamten Team gutgeschrieben werden.

IMPRESSUM:
Copyright: Siegfried Laggies

Autor: Siegfried Laggies
Umschlaggestaltung: Siegfried Laggies
Bild: Quelle Pixpay
Lektorat, Korrektorat: Siegfried Laggies,
                          Gerda Steinau

Verlag: tredition GmbH, Hamburg
 e-Book   ISBN: 978-3-7345-9773-2
Paperback ISBN: 978-3-7345-9771-8
Hardcover ISBN: 978-3-7345-9772-5
Printed in Germany

Mädchenhandel

„totmachen, totmachen"

Ein Kriminalroman

Von

Siegfried Laggies

Kapitel -1-

Mit einer guten Flasche Wein in der Hand, betrat Kriminalrat Dr. Schlauer das Büro der Mordkommission:

„Meine Dame und meine Herren, ich bitte für einen kurzen Augenblick um Ihre Aufmerksamkeit."

Die Anwesenden horchten auf. Dann fuhr Dr. Schlauer fort:

„Verehrter Herr Köstel, vorab darf ich Ihnen die frohe Botschaft überbringen, dass Sie mit dem heutigen Tage zum Oberinspektor ernannt worden sind. Die offizielle Ernennung erfolgt in den nächsten Tagen. Den Termin wollen wir mit Ihnen abstimmen. Für heute belassen wir es bei diesem guten Tropfen."

Man prostete sich zu und gratulierte Köstel zu dieser Ernennung.

Die Atmosphäre war hiernach aufgelockert und trug dazu bei, dass die Zeit wie im Fluge verging. Auf einmal, inmitten dieser

Atmosphäre läutete das Telefon. Fiete Olsen hob den Hörer ab und meldete sich:

„Mordkommission, ich höre", am anderen Ende meldete sich Polizeimeister Kleinert:

„Eine sehr aufgeregte Spaziergängerin hat hier soeben angerufen und uns mitgeteilt, dass sie mit ihrem Mann eine tote Frau gefunden haten."

„Und wo befindet sich das Ehepaar?", fragte Olsen weiter. „Sie seien hier in Kleintorf im direkt neben der Autobahn gelegenen Wald, nicht unweit vom Autobahn Parkplatz entfernt."

„Ich habe ihnen gesagt, sie sollen bleiben wo sie sind und vor allem, keine Spuren verwischen, wir kommen sofort."

Olsen gab das soeben gehörte an Köstel weiter. Die Spurensicherung wurde benachrichtigt. Mit ihr kam auch der Pathologe Dr. Wester zum Fundort. Als Oberinspektor Köstel, der in seiner Behörde nur „Der Fuchs" genannt wird, mit seinem Gefolge Kommissarin Antje Stein und Kommissar Fiete Olsen am Fundort eintrafen, hatte die

Polizei das Gebiet bereits großräumig abgesperrt.

Dr. Wester war gerade dabei, sich die Tote anzusehen, als Köstel hinzukam.

„Na Doktor, was meinen Sie, wann ist der Tod eingetreten?"

Dr. Wester schaute hoch:

„Den genauen Zeitpunkt kann ich natürlich nicht sagen, aber ich gehe mal davon aus, dass es mindestens zehn bis zwölf Stunden sind. Wie üblich, alles erst nach der Obduktion."

Köstel „Der Fuchs", schaute sich die Leiche genau an und stellte fest, dass ihr ein Schuh fehlt, dann fragte er:

„Haben Sie etwas über ihre Identität gefunden?"

„Nein sagte Wester, so wie wir sie hier gefunden haben, ist der Fundort mit Sicherheit nicht der Tatort."

Um weitere Spuren sicherzustellen, wurde eine Staffel Suchhunde angefordert. Der Fuchs hatte gleich die Vermutung, dass der Autobahn Parkplatz und die Fundstelle im

Zusammenhang zu sehen sind. Er ordnete an, die Strecke vom Fundort bis zum Parkplatz genau in Augenschein zu nehmen. Es waren immerhin gut vierhundertfünfzig Meter, die bis zum Parkplatz durchsucht werden mussten. Nach etwa einhundert Metern schlug ein Hund an, er fand einen Schuh und ein paar Schritte weiter, eine Handtasche. Antje Stein, die den Hunden folgte, sah sich sofort die Handtasche an. Außer einem Lippenstift und einem Spiegel, war nichts in der Handtasche zu finden. Nachdem nun auch von der Leiche die notwendigen Fotos im Kasten waren, ließ Dr. Wester sie in die Pathologie bringen. Wie immer, „Der Fuchs" hatte es eilig. Jede fehlende Stunde brachte den Mördern einen Vorsprung. Köstel ließ danach noch einmal das gesamte Umfeld durchsuchen und erwartete dann den Bericht der Spurensicherung. Am anderen Morgen, er hatte eine schlaflose Nacht.

„Wo mag die Leiche herkommen", fragte er sich, „aus dieser Gegend mit Sicherheit nicht." Köstel betrat das Büro der Mord-kommission, seine Mitarbeiterin und sein Mitarbeiter schauten ihn schon fragend an, schließlich kannten sie ihren Chef. Er sah in die fragenden Gesichter:

„Na, habt Ihr euch auch eure Gedanken ge-macht?"

Dann Fiete Olsen:

„Chef, der Fundort, der Parkplatz, dieses kleine Dörfchen, da stimmt etwas nicht, o-der was meinen Sie?"

Der Fuchs war stolz, er wusste es zu schät-zen, wenn seine Mitarbeiter sich auch ihre Gedanken machten.

„Ja, ich stimme dem zu und würde vor-schlagen, wir folgen einmal den Verlauf der Autobahn, vielleicht finden wir etwas."

Es läutete das Telefon und Köstel meldete sich:

„Ja bitte, Köstel hier."

„Meine ersten Ergebnisse kann ich vermel-den", sagte Dr. Wester, „wir können davon ausgehen, dass der Tod vor zwölf bis fünf-zehn Stunden eingetreten ist, die genaue

Uhrzeit ist nicht mehr zu bestimmen. Sie wurde erwürgt und hat einige Hämatome an ihrem Körper."

„Wurde sie misshandelt", fragte Köstel.

Was Dr. Wester mit einem glatten „Ja" beantwortete.

Es wurde in einem Umkreis von einhundert Kilometern recherchiert. Eine vermisste Person, die mit der Toten identisch war, konnte man jedoch nicht finden. Auch Köstels Theorie, an den Autobahn Ausfahrten liegende Ortschaften auf bestimmte Etablissements zu durchforsten, blieb ohne Erfolg. Lediglich von der Spurensicherung erfuhr er in der Zwischenzeit, dass die am Fundort sichergestellte Handtasche der Toten gehöre. Auch das Ehepaar, dass die tote Frau gefunden hatte, wurde noch einmal gebeten, sich bei der Mordkommission zu melden. Der Fuchs wollte unter allen Umständen verhindern, dass etwas übersehen wird. Er fragte nach, ob das Ehepaar schon vorher an einem anderen Tage etwas gesehen oder bemerkt habe, bzw. ihnen etwas aufgefallen sei.

„Nein", sagten sie, „da können wir Ihnen nicht weiterhelfen."

„Wissen Sie", fuhr die Frau fort, „wir hatten jetzt eine Woche lang Besuch, unsere Tochter aus Hamburg war hier, da haben wir an andere Dinge gedacht."

Kapitel -2-

Vera Klein, ihr Mann Helmut war Geschäftsführer einer großen Container Spedition. Sie konnte sich ein Leben in allerhöchs-
tem Wohlstand leisten. Tennis war ihre Lei-
denschaft. Mindestens drei bis vier Mal in
der Woche konnte man sie auf der Anlage
beim Tennis beobachten. Sie war eine sehr
gute Tennisspielerin. Vera war eine attraktive Frau, hübsch, schlank und mit ihren
fünfunddreißig Jahren auch außeror-
dentlich begehrt.

Es war an einem Mittwoch, Vera packte ihre
Tasche und fuhr zur Tennisanlage. Der
wunderbare, schöne Frühlingstag lud auch
dazu ein, ihre Fitness mit Anderen zu mes-
sen. „Hoffentlich finde ich auch die richtige
Partnerin, oder auch den richtigen Partner",
dachte sie. Vera hat schon oftmals gegen einen Mann gespielt und auch gewonnen. Sie
betrat die Tennisanlage und ging zur Umkleidekabine. Einen festen Schrank zur Auf-
bewahrung ihrer Kleider hatte sie auch.

Ganz in Gedanken versunken zog sie sich um, schloss ihren Schrank ab und wollte gerade zum Tennisplatz gehen, als sie von einer jungen Frau, die sich ebenfalls umziehen wollte, freundlichst gegrüßt wurde. Vera drehte sich um und erkannte in dieser Frau ihre frühere Schulfreundin:

„Du bist doch Ellen Heise?", fragte sie. „wir sind doch zusammen zur Schule gegangen!"

„Ja", antwortete diese, „nur heute eben Ellen Schönfelder."

„Komm, wir machen ein Matsch und dann gehen wir ins Restaurant, trinken eine Tasse Kaffee und plaudern was das Zeug hält. Wir haben bestimmt sehr viel zu erzählen!"

Von den Trainingsplätzen war Platz fünf für Vera serviert. Zwei Sätze hatten die beiden Freundinnen gespielt, als man sich entschloss, den Center Court zu verlassen. Sie gingen in die Umkleidekabine, duschten und richteten sich zum Ausgehen.

„Komm, wir gehen in mein Stammrestaurant am Hafen, dort haben wir einen wunderbaren Ausblick und gemütlich sitzen wir dort auch."

Der Kellner kam, Vera sagte:

„Ellen ich lade dich ein", dann bestellte sie zweimal ein Kännchen Kaffee und ein Stück Apfelkuchen mit Sahne."

Der Kellner bedankte sich und gab seine Bestellung auf.

„Schieß los, erzähl, was hast du so erlebt?, ich bin neugierig", sprühte es aus Ellen heraus. Nun kamen die berühmten eintausend Fragen:

„Bist du verheiratet, hast du Kinder, was macht dein Mann, vor allem, bist du glücklich und wo bist du zu Hause?" Das waren nun die üblichen Fragen, die jede der Anderen beantworten musste. Vera begann und erzählte:

„Ja, ich bin verheiratet, mein Mann ist Geschäftsführer einer großen Container Spedition. Er muss sehr oft ins Ausland reisen, vor allem nach Polen, Rumänien, Bulgarien und Moldawien. Ich bin dadurch sehr oft und lange alleine. Kinder habe ich keine und zu Hause bin ich hier in Hamburg. Ob ich glücklich bin? Wie wird Glücklich sein gemessen?"

Beide Freundinnen waren nachdenklich. Dann unterbrach Ellen das Schweigen:

„Du, mir geht es nicht besser, wenn auch auf einer anderen Schiene. Ich habe auch keine Kinder, was mich so manches Mal sehr traurig stimmt. Mein Mann, Walter hat sich der Politik verschrieben, ist Staatssekretär im Auswärtigen Amt und ich bin dadurch auch sehr oft und lange alleine. Mein zu Hause wechselt ständig, zurzeit und voraussichtlich für zwei Jahre wird es auch Hamburg sein. Auch ich sage, glücklich sein? Wie misst man das?"

Kapitel -3-

In der Nacht von Montag auf Dienstag ereignete sich auf der Bundesstraße zwischen Bad Segeberg und Neumünster ein schwerer Verkehrsunfall. Es gab zwei Tote und eine Schwerverletzte. Die Polizei und der Rettungswagen wurden sofort alarmiert. Zum Glück saß im nachfolgenden Wagen ein Arzt, der zu einer Hausgeburt gerufen wurde. Bis zum Eintreffen des Rettungswagens, es dauerte etwa sieben Minuten, versorgte er die Schwerverletzte. Bei den beiden Fahrern kam jede Hilfe zu spät. Dem Notarzt erklärte er dann kurz, was er gemacht habe und setzte hiernach seine Fahrt im Eiltempo fort. Mit dem Hubschrauber wurde die junge Frau in die Klinik nach Hamburg geflogen. Am Unfallort, die Verkehrspolizei sicherte die Unfallspuren. Der anwesende Notarzt versuchte die beiden Toten zu identifizieren, was ihm auch bei einem gelang. Aus den Papieren des Toten war zu ersehen, welche Angehörigen zu benachrichtigen sind. Die Polizei fand dann heraus, dass das Fahrzeug, aus dem auch die Schwerverletzte geborgen wurde, gestohlen war. Die Kripo wurde benachrichtigt. Der diensthabende Oberkommissar Bernhard Till sah sich das Fahrzeug an und entschied, den Wagen in die KTU nach Neumünster bringen zu lassen. Die beiden toten Fahrer ließ der Notarzt ebenfalls nach Neumünster in die Pathologie bringen. Dort wurde eine Obduktion vorgenommen und alles, was sonst noch von Wichtigkeit sein könnte, wurde festgehalten. Die Schwerverletzt wurde mit dem Hubschrauber in die Hamburger Unfallklinik gebracht.

Dort angekommen, legte man sie auf die Intensivstation . Die medizinisch erforderlichen Maßnahmen wurden eingeleitet und nun wartete man auf den Augenblick des Erwachens aus dem Koma. Es dauerte bis zum anderen Morgen, dann öffnete sie ihre Augen. Über ihre Identität wusste man in der Klinik nichts. Der Oberarzt Dr. Schneider sprach sie an:

„Hören Sie mich", fragte er. Es kam aber keine Reaktion, sie schloss wieder ihre Augen.

„Schwester Doris", sagte der Oberarzt, „es wird nicht mehr lange dauern, dann wacht sie auf, rufen Sie mich bitte sofort." Es dauerte zwei weitere Stunden, dann öffnete sie wieder ihre Augen, jetzt aber mit einem klareren Blick. Sofort benachrichtigte Schwester Doris den Oberarzt. Dieser kam und fragte wieder:

„Hören Sie mich?" Die junge Frau machte Mundbewegungen, als wolle sie etwas sagen. Es ging aber noch nicht. Dr. Schneider stand vor ihrem Krankenbett und beobachtete sie. Dann merkte er, dass sie ein paar Worte stammelte, kaum hörbar waren diese Worte „totmachen, totmachen", zu vernehmen. Dr. Schneider war nun davon überzeugt, hier müsse die Kriminalpolizei eingeschaltet werden. Er ging in sein Büro und rief an:

„Moin, Moin, Dr. Schneider von der Unfallklinik Hamburg. In der vergangenen Nacht wurde uns eine schwer verletzte junge Frau eingeliefert. Sie ist das Opfer eines Verkehrsunfalls, der sich auf der Bundesstraße zwischen Bad Segeberg und Neumünster ereignet hat. Zwei Tote hat es dort auch gegeben. Ich habe es für meine Pflicht angesehen, Sie zu informieren."

„Ja danke", sagte der in der Zentrale sitzenden Polizeimeister, wir werden es sofort weiterleiten."

Kapitel -4-

Oberinspektor Ferdinand Köstel und seine Crew hatten ihre Fühler in alle Himmelsrichtungen ausgestreckt, um so viel wie möglich zu erfahren. Sie waren gerade in einer Lagebesprechung, als das Telefon läutete. Kommissarin Antje Stein hatte den Apparat vor sich stehen, sie nahm den Hörer und meldete sich:

„Mordkommission Oberinspektor Köstel, Kommissarin Stein am Apparat, ich höre."

„Moin, Moin, Oberkommissar Till, Neumünster. Wir hatten auf der Bundesstraße zwischen Bad Segeberg und Neumünster einen schweren Verkehrsunfall mit zwei Toten und einer Schwerverletzten Frau aufzunehmen. Die Verletzte kam per Hubschrauber in die Unfallklinik Hamburg. Die Toten wurden in die Pathologie und das Fahrzeug zur KTU nach Neumünster überführt. Heute riefen uns die Kollegen aus Hamburg an und berichteten, die Schwerverletzte sei aus dem Koma erwacht und sagte nur immer „totmachen, totmachen."

Wir können uns vorstellen, dass zwischen Ihrem Fall und dem unseren ein Zusammenhang bestehe."

Kommissarin Stein gab nun den Hörer an Köstel weiter mit der Bemerkung:

„Hier tut sich was Neues auf." Der Fuchs meldete sich und ihm wurde das eben Gesagte wiederholt. Das Landeskriminalamt hatte man informiert und Kriminalrat Dr. Schlauer ordnete an, dass auch dieser Fall in die Kompetenz des Herrn Köstel falle. Nachdem diese Entscheidung auch den Kollegen in Neumünster mitgeteilt wurde, setzte sich Köstel mit den Kollegen in Verbindung und bat darum, optimal an der Aufklärung dieser Fälle mitzuarbeiten. Er, Köstel sei ja dafür bekannt, Erfolge nie für sich alleine einzuheimsen, sondern immer die Crew in den Vordergrund zu stellen.

Kapitel -5-

Nach ihrem wunderschönen Nachmittag trennten sich die beiden Freundinnen und versprachen einander, sich künftig regelmäßig zu treffen. Es wurden die Anschriften, die Telefonnummern aus dem Festnetz und die Handynummern ausgetauscht.

Schon am nächstfolgenden Sonnabend, Vera war gerade dabei ein Bad zunehmen, läutete das Telefon.

„Nanu", dachte sie, „kommt Helmut nun doch früher nach Hause?"

Sie nahm den Hörer ab und meldete sich. Es war aber nicht ihr Mann Helmut, sondern Ellen:

„Hast du für Morgen schon etwas vor?", fragte sie. Bevor Vera auch nur einen Ton sagen konnte, fuhr sie fort:

„Ich habe zwei Karten für den „König der Löwen", kommst du mit?"

„Ich verspreche dir, es wird ein wunderschöner Abend. Anschließend suchen wir noch ein schönes Restaurant auf, speisen gut und zu erzählen haben wir ja noch sehr viel. Es wurde tatsächlich ein wunderschöner Abend, man kam sich näher und plauderte auch über die Eine oder die andere private Angelegenheit. Ellen war bei einem bestimmten Thema etwas bedrückt nachdenklich, dann aber sprudelte es aus ihr heraus:

„Sag mal Vera, dein Mann ist doch auch so oft und so lange weg, bist du nicht sexual unzufrieden? Was gibt mir das viele Geld, wenn der Grund zum Glücklich sein fehlt", betonte sie.

Vera hatte schon bewusst diese Unterhaltung in die Richtung sexuale Unzufriedenheit geführt, sie wollte mit ihr über dieses Thema sprechen. Jetzt aber war sie doch sehr erstaunt, dass Ellen es so offen aussprach, ohne Umschweife.

„Ja", sagte Vera, „mir geht es genau so. Auch ich wäre überglücklich, mal wieder einen richtigen Kerl im Bett zu haben."

Man hörte bei beiden ein leichtes Kichern.

„Ich glaube", sagte Vera, „wir verstehen uns von Mal zu Mal besser, das kann ja mit uns beiden noch etwas werden." Von nun an traf man sich regelmäßig. Probleme wurden miteinander besprochen, so wie es unter Freundinnen üblich ist.

Eine besondere Bedeutung bekam nun ihr gemeinsames Hobby. Sehr oft trafen sie sich, um ein Matsch zu spielen. Zwei so junge Damen, hübsch, schlank und immer ohne Begleitung, das viel auch der Männerwelt auf.

Kapitel -6-

Kommissarin Antje Stein war beauftragt, eine Verbindung zur Unfallklinik Hamburg herzustellen. Dort ließ sie sich mit Dr. Schneider verbinden und übergab dann ihrem Chef den Hörer. Dieser meldete sich:

„Ja, Köstel hier, Moin, Moin, Herr Dr. Schneider, ich bin der Leiter der Mordkommission."

„Meine Kollegen aus Neumünster haben mir die Nachricht übermittelt, dass in Ihrem Hause eine Schwerverletzte Frau eingeliefert worden sei, die immer nur die Worte totmachen, totmachen, spricht. Ich möchte gerne mit dieser Frau sprechen, ist sie ansprechbar?"

„Ja", erwiderte der Oberarzt, „Sie können mit ihr sprechen."

Köstel und Kommissarin Stein setzten sich in ihren Wagen und fuhren nach Hamburg. Dort angekommen meldeten sie sich und baten darum, mit dem Oberarzt Dr. Schneider zu sprechen. Schneider ließ die Beiden durch eine Krankenschwester zur Intensivstation hinauf holen. Die Begrüßung war kurz, man ging gleich zu der Verletzten. Inspektor Köstel nun zu der jungen Frau: „Hören Sie mich und verstehen Sie was ich sage?"

Die junge Frau verdrehte nur ihre Augen und ganz leise hörte man „totmachen, totmachen," aus ihrem Munde. Der Fuchs hatte mal wieder den richtigen Riecher, er ließ eine Rumänisch sprechende Dolmetscherin kommen, um mehr zu erfahren. Die Dolmetscherin kam und Köstel ging gleich wieder mit ihr zu der verletzten Frau. Zuerst ließ Köstel nach ihrem Namen fragen, Nadja Komanasi ließ die Dolmetscherin wissen. Jetzt stellte sich heraus, ja sie kam aus Rumänien. Dann zeigte Köstel ihr das Bild von der im Wald gefundenen toten Frau. Der Fuchs sah, wie die Frau erschrocken reagierte, und ließ weiterfragen, wo sie den herkäme? Im gebrochenen Deutsch sagte sie: „Großes Haus." Die Dolmetscherin sollte dann noch fragen, ob sie wisse, in welcher Stadt sie war? Zu einer Antwort kam es nicht mehr, ihr fielen wieder die Augen zu. Dr. Schneider meinte auch, man solle es jetzt hierbei vorerst belassen. Der Fuchs war jetzt davon überzeugt, diese beiden Fälle gehören zusammen. Köstel ordnete an, dass niemand zu der Verletzten dürfe und sie ständig bewacht werde.

Kapitel -7-

In Kiel liefen nun alle Fäden zusammen. Die Kollegen in Neumünster haben in der Zwischenzeit den Unfallwagen von der KTU zerlegen lassen und haben tatsächlich noch Hinweise auf die Identität des tödlich verunglückten Fahrers gefunden. Es handelt sich um einen aus Russland gekommenen deutschstämmigen Mitbürger. Sein Name und seine Adresse lauten: Anton Dochowski, am Deich 7 in Kornsil. Das ist ein kleines Dorf in der Nähe von Neumünster. Unmittelbar nach dem Bekanntwerden von Name und Anschrift, begab sich Oberkommissar Till mit seinen Mitarbeitern in die Wohnung des toten Fahrers. Sie kamen leider zu spät. Die Wohnungstür war nur angelehnt und bereits gründlich durchsucht worden, sie wurde regelrecht umgepflügt. Es war zu erkennen, hier hat jemand etwas Bestimmtes gesucht. Oberkommissar Till benachrichtigte die Spurensicherung und beauftragte sie, nochmals eine gründliche

Durchsuchung vorzunehmen. Dann setzte er sich mit Oberinspektor Köstel in Verbindung und berichtete. Kommissar Olsen bekam nun den Auftrag, seinen Kollegen bei den Recherchen zu helfen. Nun begann die Kleinarbeit. Es wurden die Nachbarn befragt:

Wie war der Mitbürger, bekam er oft Besuch, hat jemand etwas bemerkt, als die Wohnung durchsucht wurde und noch viele andere Fragen mehr? Unmittelbar ist niemandem etwas eingefallen, der etwas hätte sagen können. Man glaubte schon an eine ergebnislose Befragung. Doch dann hat sich noch ein Nachbar gemeldet und berichtet, dass alle ein bis zwei Wochen ein dunkelblauer Mercedes vor seinem Haus parkt und der Fahrer immer in das Haus Nr.7 verschwindet. Gewundert habe er sich darüber, weil der Fahrer doch gut fünfzig Meter wieder zurücklaufen müsse. Ihm sei es deshalb aufgefallen, weil dieser Wagen ihm die Sicht zur Straße genommen hat.

Kapitel -8-

Es kam, wie es kommen musste. Vera und Ellen saßen nach ihrem Matsch noch im Klub und nahmen einen Drink zu sich, als sie von zwei Herren im Tennisdress angesprochen wurden: „Meine Damen, wir haben Sie beobachtet und sind von Ihrem Spiel beeindruckt."

„O danke", sagte Vera.

„Wären denn die Damen abgeneigt, einmal mit uns ein gemischtes Doppel oder gegen uns auch Einzel zu spielen?"

Ellen schaute sich die beiden Herren an. Es waren zwei sehr gut aussehende Männer, so um die vierzig Jahre. Dann sagte sie:

„Vera, was meinst du, sollen wir ihnen eine Lektion erteilen?"

Vera schaute sich die beiden ebenfalls an und antwortete:

„Gut, wenn sie unbedingt verlieren wollen, bin ich einverstanden."

Die beiden Männer hatten ihr Ziel erreicht!

„Wann dürfen wir denn antreten, um uns die Niederlage abzuholen", fragte der eine. Die beiden Frauen schauten sich an.

„Mittwoch fünfzehn Uhr", sagte Vera und Ellen stimmte zu.

Es kam der besagte Mittwoch und man traf sich zu einem Matsch. Die beiden Herren waren bereits auf dem Center Court und warteten. Als Vera und Ellen kamen, gab es strahlende Gesichter. Die Männer gingen den Frauen entgegen, sagten:

„Hallo", und dann weiter, „zuerst stellen wir uns Ihnen einmal vor, ich bin der Manfred und ich der Dieter."

Nun waren die Damen an der Reihe:

„Vera ist mein Name, ja und ich heiße Ellen", dann lasst uns gehen.

Für den Anfang schlug Vera vor: „Spielen wir ein gemischtes Doppel." Was auch von den Herren akzeptiert wurde. Man spielte zwei Sätze, wovon jede Seite einen Satz gewann. Nach dem Matsch trafen sie sich wieder im Klub und nahmen einen Drink.

„Vera", sagte Manfred, „ich gebe Ihnen meine Handynummer, und wenn Sie Lust haben, ein Matsch zu spielen, rufen Sie einfach an." Die beiden Männer verabschiedeten sich: „Meine Damen, es war uns eine Ehre." Dann entfernten sie sich.

Kapitel -9-

Manfred, der auch gleichzeitig die rechte Hand der „Grauen Eminenz" war, berichtete ihm nun, dass es ihm gelungen sei, die ersten Kontakte herzustellen. Die „Graue Eminenz" so wurde der Inhaber diverser Etablissements genannt. Seinen Namen kannte nur sein engster Mitarbeiter. In seinen Etablissements, es waren Häuser der Extraklasse, verkehrten nur Manager und hochrangige Politiker. Diese Herren kamen und gingen. Die Zahlungen erfolgten immer durch sogenannte Gönner. Auch Kontakte zwischen Politik und Wirtschaft wurden in diesen Häusern gepflegt. Die dort „beschäftigten" Mädchen und Frauen kamen ausschließlich aus dem osteuropäischen Raum. Sie waren der deutschen Sprache offiziell nicht mächtig.

Kapitel -10-

Oberinspektor Köstel und Oberkommissar Till fahren noch einmal nach Hamburg. Till, der sich in den ersten Tagen etwas bockiger verhielt, sah nun, dass Köstel ein Partner und nicht der Chef war. Dr. Schneider wurde noch einmal gerufen und dieser gab grünes Licht zu einer nochmaligen Befragung, da sich der Gesundheitszustand doch wesentlich gebessert hatte. Die Dolmetscherin wurde hinzugezogen. Mit der Befragung konnte man beginnen. Köstel ließ als Erstes fragen, ob sie sich noch an etwas erinnern könnte, vor allem aber, ob sie wisse, wo sie zuletzt gewesen war. Die Dolmetscherin stellte nun diese Fragen und man wartete auf eine Antwort. Einen Augenblick überlegte die junge Frau, dann aber erzählte sie: „Wir waren acht junge Mädchen auf dem Schiff. Ein feiner Herr hat uns zu Hause versprochen, dass wir in Deutschland arbeiten dürfen, um Geld zu verdienen. Hier in

Deutschland wurden wir aufgeteilt. Svetlana und ich, wir wurden hierher in ein großes Haus gebracht. Dort in der Wohnung kam ein Mann und sagte uns, wir sollen alle Kleider ausziehen und wenn wir es nicht gemacht haben, hat er sie uns heruntergerissen"

Sie fing an zu weinen, die Tränen liefen ihr die Wangen hinunter.

„Hiernach kamen zwei andere Männer. Vor diesen Männern mussten wir im Zimmer nackt auf- und abgehen. Danach bekamen wir schöne Unterwäsche und sie zwangen uns, mit ihnen Sex zu machen. Es war grausam!"

„Kennen Sie den vollständigen Namen von Svetlana", fragte Köstel?"

„Nein antwortete sie. „Und was geschah mit Svetlana", wollte jetzt Till wissen.

„Wir sollten wohl in ein anderes Haus gebracht werden. Auf der großen Straße hat der Fahrer angehalten, weil wir zur Toilette mussten. Zuerst ist der Mann mit mir in den Wald gegangen und hat dabei zugesehen.

Dann ging er mit Svetlana, die wollte aber weglaufen, da hat er sie getötet und ist dann in das andere Auto eingestiegen."

„Es war also noch ein Auto?", fragte Köstel.

Sie nickte mit dem Kopf.

„Nadja ist unsere Kronzeugin", sagte Köstel, „auf sie müssen wir aufpassen, wie auf unseren Augapfel!"

Der Fuchs ordnete an, dass Nadja, bis sie an einen sicheren Ort gebracht werden kann, noch durch eine Beamtin zusätzlich im Krankenzimmer bewacht werden soll.

Nach Kiel kamen nun alle an diesem Fall beteiligten Personen, um den Stand der Ermittlungen zu besprechen. Köstel fasste noch einmal die erzielten Ergebnisse zusammen und sagte:

„Als ich mit der Kollegin Stein in Hamburg zu unserer ersten Vernehmung war und die Verletzte im Unterbewusstsein „Großes Haus" stammelte, gab sie uns den ersten Hinweis ihres letzten Aufenthalts. Wir haben viele Fingerabdrücke, vom Unfallauto und aus der Wohnung des toten Fahrers.

Von der toten Frau haben wir ebenfalls diverse Spuren. Jetzt ist die KTU an der Reihe, das vorhandene Material auszuwerten."

Die Crew folgte aufmerksam den Worten des Oberinspektors.

„Meine Herren, jetzt beginnt die Kleinarbeit."

Es läutete das Telefon, Olsen nahm den Hörer und meldete sich: „Mordkommission, Olsen am Apparat, was kann ich für Sie tun?"

„Sie waren doch vor ein paar Tagen in Kornsil und haben uns befragt?"

„Ja", sagte Olsen, „erzählen Sie weiter."

„Vor vierzehn Tagen, als meine Tochter heiratete, haben wir vor dem Hause einige Fotos gemacht."

Olsen hatte in der Zwischenzeit das Telefon auf Mithören gestellt.

„Wir haben jetzt festgestellt, dass dieser dunkelblaue Mercedes auch auf diesen Bildern zu sehen ist. Ich dachte, es wird Ihnen helfen."

Köstel hatte aufmerksam zugehört:

„Da kann man doch sehen, wozu eine Hochzeit gut ist", meinte er.

„Wir kommen sofort", sagte Olsen und bedankte sich.

„Sie brauchen nicht zu kommen, ich schicke Ihnen die Bilder per e-Mail, Sie müssen mir nur Ihre e-Mail-Adresse geben."

Sofort wurde dem Anrufer die Adresse gegeben und es dauerte keine halbe Stunde und man hatte die Bilder auf dem Rechner. Durch eine Bildvergrößerung konnte einwandfrei das Kennzeichen gelesen werden. Ein Anruf bei der Zulassungsstelle genügte und man hatte den Halter des Fahrzeugs. Der Fuchs hatte die Vermutung, dass es sich hierbei um das zweite Fahrzeug, von dem die Verletzte sprach, handele.

„Aber", fuhr die Dame von der Zulassungsstelle fort, „dieses Fahrzeug wurde bereits vor zwei Monaten als gestohlen gemeldet und dann total verbrannt in einer Kiesgrube gefunden, jedoch mit nachgemachten KFZ-Zeichen."

Köstel fasste nun zusammen:

„Wir haben die Tote im angrenzenden Wald zur Autobahn, in der Nähe des Autobahnparkplatzes, gefunden. Von der Verletzten wissen wir, dass sie in ein anderes Haus gebrachte werden sollten. Der Unfall wiederum ereignete sich auf der Bundesstraße von Bad Segeberg nach Neumünster. Wir können also mit Sicherheit davon ausgehen, dass es zwischen Lübeck und Neumünster in unserem Fall eine Verbindung gibt. Beginnen wir nun mit unserer Kleinarbeit und hoffen, dass uns auch Kommissar Zufall zur Seite steht."

In eine Gruppe Neumünster und in eine Gruppe Lübeck wurden nun die Mitarbeiter aufgeteilt. Sie bekamen den Auftrag, im Besonderen die Hochhäuser zu durchforsten, wo mit Sicherheit ein Mieter nicht den anderen kennt.

Manfred bekam nun von seinem Chef den Auftrag, das Verhältnis zu Vera so schnell wie möglich zu intensivieren. Sein Verbindungsmann habe ihm mitgeteilt, dass es mit der Container Firma Schwierigkeiten geben könnte. Egal wie es sich weiterentwickelt, er möchte auf jeden Fall ein Gegenmittel in der Hand halten.

„Wenn es geht, mach dir ein paar schöne Stunden mit ihr, dann hast du auch ein Druckmittel. Im Augenblick dachte Manfred:

„Du hast gut reden, zuerst muss sie mal anrufen."

Es war schon spät am Abend, als Helmut Klein von seiner Dienstreise nach Hause kam. Abgekämpft und müde fiel er in seinen Sessel.

„Schatz, was ist mit dir", fragte sie?

„Sei mir bitte nicht böse, wenn wir heute gleich schlafen. Ich darf darüber nicht sprechen, aber wohl ist mir bei dieser ganzen Angelegenheit nicht.

Es wurde langsam hell und der nächste Tag bahnte sich seinen Weg, als das Telefon läutete. Vera sprang aus dem Bett und nahm den Hörer ab, ihr Mann sollte ja noch schlafen.

„Ja Klein hier, Moin, Moin"

Am anderen Ende war eine kräftige Männerstimme:

„Kowatsch, ich muss unbedingt Ihren Mann sprechen, hörte sie."

„Es tut mir leid, der schläft noch."

Dann die kräftige Stimme:

„Wecken Sie ihn!" Vera ging zurück ins Schlafzimmer:

„Helmut, ein Herr Kowatsch will dich unbedingt sprechen."

Er stand auf und ging zum Telefon. Nach einigen Minuten kam er zurück und sagte:

„Schatz, es tut mir leid, aber ich muss sofort wieder fahren. Für Vera war diese Situation nichts Neues, es gab schon oft mit den Behörden und mit dem Verladen Schwierigkeiten.

Kapitel -11-

Ellen hatte soeben angerufen und Vera mitgeteilt, dass sie am Nachmittag nicht kommen könne. Ihr Mann sei für zwei Tage in
Hamburg und habe einiges zu erledigen.
„Heute kommt aber auch alles auf einmal",
dachte sie. Der Frust musste raus, sie packte
ihre Sporttasche und fuhr zum Tenniscen-
ter. Noch bevor sie zu den Umkleidekabi-
nen ging, suchte sie den Klub auf und bestellte sich einen Drink. Sie war innerlich
doch sehr verärgert.
Manfred kannte ihre Zeit und dachte, einmal werde ich sie in den nächsten drei Tagen treffen.
Es sollte keine drei Tage dauern. Er war bereits im Klub und siehe da, sie kam.
Mit einem „Hallo", ging er auf Vera zu und
begrüßte sie. Ohne Umschweife sagte sie:
„Kommen Sie, wir machen ein Matsch."
Manfred nutzte nun die Gelegenheit, ein
paar Worte mehr zu reden. Bis zu diesem

Zeitpunkt gab es ja immer eine Bremse, Ellen war dabei! Es dauerte keine 15 Minuten und sie standen auf dem Platz. Den ersten Satz gewann Vera, sie strahlte. Dann wendete sich das Blatt, den nächsten Satz gewann Manfred mit sieben zu fünf. Der dritte Satz sollte nun die Entscheidung bringen. Manfred wollte nun, dass Vera auf keinen Fall mit einer schlechten Laune aus dem Matsch geht. Vera gewann den dritten Satz und strahlte. Damit hatte Manfred gute Bedingungen geschaffen, die Bekanntschaft intensiver zu gestalten.

Nach dem Matsch verabredete man sich noch auf einen Drink im Klub. Nicht nur Vera war eine hübsche und attraktive Frau, auch Manfred hatte ein Erscheinungsbild, das nur mit den besten Noten bewertet werden konnte.

Wie sagte noch Ellen: „Der ist zum Knutschen".

Für beide Seiten gab es also die besten Voraussetzungen. Im Klub, Manfred lud Vera ein und fragte:

„Was darf ich bestellen?"

„Bitte einen „Karibischen Traum" (Kokosnussmilch, Zitronen und Ananassaft, Sahne)", sagte sie.

„Dann bitte zwei Mal", und Manfred lächelte.

Zwischen den Beiden entwickelt sich nun ein Dialog auf rein privater Basis. Vera wollte wissen, was Manfred beruflich so mache und fragte:

„Sagen Sie mir, Sie können schon um fünfzehn Uhr auf dem Center Court sein, was machen Sie eigentlich beruflich? „Jetzt sagen Sie mir nur noch, Sie seien Hartz IV Empfänger", und lachte.

Manfred lachte auch herzhaft und antwortete ihr:

„Nein, nein, ich bin für verschiedene Firmen als Makler tätig und da kann ich es mir auch erlauben, meine Zeiten einzuteilen."

Obschon bestens informiert, fragte nun Manfred:

„Und wie sieht es bei Ihnen aus?"

Vera war bedrückt, dann aber sagte sie:

„Ach wissen Sie, mein Mann ist Geschäftsführer einer Container Firma, er ist sehr oft im Ausland und ich bin dann alleine. Angenehm ist das auch nicht gerade."

„Genau das ist der Punkt, wo du einhaken musst", dachte Manfred.

Dann erzählte sie weiter:

„Gestern kam mein Mann nach Hause, mitten in der Nacht kam ein Anruf und er musste gleich wieder weg. Er sagte mir: „Er habe oft Schwierigkeiten mit den Papieren und dem Verladen, er fühle sich nicht wohl dabei."

„Vera", war nun von ihm zu hören, „es ist mir eine Ehre mit Ihnen zu plaudern und ich habe mich auch heute sehr darüber gefreut, dass Sie mir die Zeit geschenkt haben."

Vera schaute ihn an:

„Auch ich habe mich sehr gefreut."

Nur nichts überstürzen, dachte sich Manfred. Vera hatte ihre Hand auf dem Tisch und spielte mit ihrem Autoschlüssel. Manfred legte seine Hand auf die ihre.

„Schade", sagte er, „durch die Zeitverschiebung (USA) muss ich meine Geschäfte oftmals am Abend erledigen. So ist es auch heute, ich muss mich verabschieden. Aber wie wäre es mit morgen, darf ich Sie zu einem Essen einladen, es wäre mir eine große Ehre?"

„Aber nicht hier in Hamburg", ließ Vera verlauten, „hier könnte mich jemand sehen und falsche Schlüsse ziehen."

Manfred wusste, jetzt komme ich meinem Ziel näher, jetzt muss ich den Sack so schnell wie möglich zu machen.

„Gut", sagte er, „morgen achtzehn Uhr."

„Kommen Sie bitte mit ihrem Wagen ins östliche Einkaufszentrum auf das obere Deck des Parkhauses, dort kennt Sie niemand und von dort aus fahren wir mit meinem Auto weiter.

Wenn Sie aber möchten, können wir auch mit Ihrem Wagen fahren."

„Nein, nein", sagte Vera, „es ist mir schon recht, wenn wir mit Ihrem fahren."

Noch am Abend telefonierte er mit der „Grauen Eminenz" und berichtete!

„Sieh zu, dass du so schnell wie möglich alles in trockenen Tüchern hast, ich brauche dich wieder hier", bekam er gleich vom Chef zu hören. Es gibt Schwierigkeiten, der Klein will nicht so, wie wir es haben wollen. Wenn du bei ihr deine Sache hinter dir hast, komm sofort hier her."

Am nächsten Abend, Vera kam, sie hatte sich bewusst fünfzehn Minuten verspätet. Manfred wollte sie auf keinen Fall verpassen. Bereits am Eingang zum Parkhaus wartete er auf sie.

„Hallo", sagte er und stieg in ihren Wagen. Vera sollte bis in die oberste Etage fahren und dort parken.

Sie stiegen um ins andere Auto und Manfred fragte.

„Wohin darf ich Sie entführen?"

Vera antwortete mit einem Lächeln:

„In ein schönes, schnuckeliges Lokal, aber außerhalb von Hamburg."

„Ich kenne ein schönes Lokal in der Nähe von Lübeck, sollen wir dort hinfahren?"

„Ja", antwortete Vera, „du wirst schon das Richtige finden. Wir können es doch beim du belassen?"

„Aber natürlich", antwortete Manfred. Sie hatten ihr Ziel erreicht und fuhren auf den Parkplatz. Vera wunderte sich, auf dem Parkplatz stand kein Auto. Sie gingen zum Eingang und dort war zu lesen.

„Heute geschlossen."

„Komm", sagte Manfred, „fahren wir ein Häuschen weiter."

Jetzt hatten sie das Richtige gefunden. In einer schönen, gemütlichen Nische nahmen sie Platz und warteten auf den Ober. Plötzlich stand eine sehr attraktive, elegante Dame vor ihnen und fragte:

„Sie sind neu hier, das heißt zum ersten Mal in unserem Hause?"

„Ja", antworteten beide.

Nun die Dame:

„Wir haben zurzeit eine Werbeaktion laufen und dabei sprechen wir alle neuen Gäste an und wollen sie für unser Haus gewinnen. Bitte geben Sie mir keinen Korb und schauen Sie sich unsere Appartements einmal an. Wenn Sie dann das nächste Mal in unserer Stadt sind, vielleicht sind Sie dann unser Gast."

Dem Ober gab sie einen Wink, den Tisch zu reservieren. Mit einer einladenden Geste bat sie die Beiden, ihr zu folgen. Die Dame zeigte mehrere Zimmer. Ein Zimmer war schöner als das andere. Doch zum Schluss zeigte sie ein Appartement, es war ein Traum!

„Schauen Sie es sich in Ruhe an, Ihren Tisch habe ich für Sie reserviert."

Dann ließ sie die Beiden alleine.

Nun kam die Stunde der Wahrheit. Manfred sah, dass dieses Appartement Vera in einen Rausch versetzt hatte. Warum, konnte er sich nicht erklären. Sie war innerlich bis ins äußerste aufgewühlt und ließ sich aufs Bett fallen. Sie hatte nicht einmal etwas dagegen, als Manfred sie, zunächst ungewollt, an intimer Stelle berührte. Sie schaute ihn nur mit einem Lächeln an und sagte dann:

„Schließ wenigsten die Tür ab und dann komm."

Nacheinander zog jeder dem Anderen ein Kleidungsstück aus, bis sie so waren, wie Gott sie schuf. Vera hatte ja schon immer davon geträumt, einmal wieder einen richtigen Mann im Bett zu haben. Denn schließlich war sie erst fünfunddreißig Jahre alt und träumte schon so manche Nacht von so einer Situation. Es wurde eine Sex Orgie, wie sie kaum noch zu beschreiben ist. Schon nach ganz kurzer Zeit wollte sie nicht mehr unten liegen, sie wechselte die Stellung und probierten alles aus. Vera hatte mehrere Orgasmen. Wie im Rausch endete diese Orgie. Bis zum Schluss kostete Vera jede Sekunde aus.

Im Nachhinein dachte Manfred:

„Das kann doch bei dieser Frau nicht normal sein, es sprengt doch alle Ketten. Der Mann muss sie aber derart vernachlässigt haben, denn sonst kann man sich nicht so vergessen, oder aber er ist impotent."

In der Zwischenzeit war es kurz vor einundzwanzig Uhr, sie hatten hervorragend zu Abend gegessen und fuhren wieder in Richtung Hamburg. Manfred wollte es nicht durch den Kopf gehen und fragte sich immer wieder:

„Warum hatte ich so ein leichtes Spiel?"

Vera dagegen, sie strahlte nur. Im EKZ angekommen, Vera bekam noch gerade ihren Wagen aus dem Parkhaus, dieses wird um zweiundzwanzig Uhr geschlossen. Bei der nächsten Parkmöglichkeit hielten sie an und verabschiedeten sich in Veras Auto.

„Hier, nimm", sagte Vera und gab Manfred ihre Handynummer.

„Ja danke", sagte er und steckte sie ein.

„Wenn du mich das nächste Mal zum Abendessen einladen willst, musst du nicht erst in den Klub kommen."

Vera strahlte über das ganze Gesicht:

„Danke für den schönen Abend!"

Kaum hatte er seine Wohnungstür hinter sich geschlossen, setzte er sich mit seinem Chef in Verbindung und meldete Vollzug.

„Chef", sagte er, „nicht ich, nein sie wollte mich verführen und das habe ich in vollen Zügen ausgekostet. So eine geile Frau habe ich noch nicht gehabt."

„Manfred, gut, dass du es genossen hast, aber jetzt brauche ich dich für mindestens 14 Tage hier. Melde dich bei ihr ab, damit sie keinen Verdacht schöpft."

Noch am gleichen Abend telefonierte er mit Vera und berichtete ihr, dass er auf dem Rechner eine dringende Nachricht habe und umgehend in die Staaten müsse. Voraussichtlich werden es vier bis fünf Tage sein.

Vera hingegen telefoniert mit Ellen und erzählte ihr, dass sie von Manfred zum Essen eingeladen wurde.

„Ich hatte einen Abend, wie im Traum."

Ellen hingegen konnte nun Vera nur berichten, dass sie nicht mit ihrem Mann den erhofften Tag habe verbringen können, er sei

ständig entweder bei den Deutschen Behörden oder in der rumänischen Botschaft gewesen. Es ginge da wohl um Mädchen,
mehr wisse sie aber nicht. Die Politik nimmt
ihn doch sehr in Anspruch, er sei bis ins Äußerste gestresst gewesen.

„Ellen", sagte Vera, wenn wir uns im Klub
wiedersehen, werde ich dir mehr erzählen,
du wirst staunen und neidisch sein. Sei mir
bitte nicht böse, aber ich bin erschöpft wie
nach einem Matsch mit fünf Sätzen."

Kapitel -12-

Wie von Köstel angeordnet, machen sich nun die Mitarbeiter an ihre Arbeit. In Lübeck wie in Neumünster suchte man sich die dafür infrage kommenden Hochhäuser, fuhr mit dem Fahrstuhl bis in die oberste Etage und horchte ganz unauffällig an jede Wohnungstür. Vielleicht hätte man an irgendeiner Tür etwas Verdächtiges hören können. Danach bemühte man sich in die Tiefgaragen zu kommen und sah sich die dort stehenden Autos an. Nicht jeder Platz war belegt. Also musste man das gleiche Spielchen am Abend wiederholen. In den Häusern wohnten immerhin um die einhundert Familien. Vorbeikommende Bewohner wurden angesprochen und man fragte nach einem Bewohner, den Namen kenne man leider nicht, aber er soll einen dunkelblauen Mercedes mit einem Hamburger Kennzeichen haben. Die Antworten waren immer negativ.

In Lübeck hatte man inzwischen vier große Hochhäuser nach bestem Wissen und Gewissen überprüft. Es war schon frustrierend, immer die gleichen Antworten zu bekommen.

„Der letzte Versuch", sagte Kommissar Olsen, als er mit Kommissarin Stein vor einem riesigen Häuserblock stand.

„Hier kann keiner den anderen kennen", meinte Antje Stein und fügte hinzu, „hier wohnen doch mindestens zweihundert Familien."

Hier hatten sie nun eine aufwendige und schweißtreibende Arbeit zu bewältigen. Um einigermaßen der Aufgabe gerecht zu werden, beschossen die Beiden, sich zu trennen und jeder bearbeitete einen Hauseingang.

Nicht anders erging es den Kollegen in Neumünster. Nur sie hatten den Vorteil, dass in ihrem Gebiet weniger Hochhäuser standen. Ihre Arbeit verrichteten sie genau so, wie ihre Kollegen in Lübeck. Schon im dritten Hochhaus sollte ihnen das Glück ein Stück entgegenkommen. Auf der Wiese vor dem

Hochhaus spielten einige Kinder mit dem Ball. Oberkommissar Till ging zu den Kindern und sagte:

„Hört mal her, ich bin von der Polizei und suche einen Mann. Leider kenn ich seinen Namen nicht, ich weiß nur, dass er einen dunkelblauen Mercedes hat. Wohnt hier so ein Mann oder so eine Frau? Es handelt sich um einen Verkehrsunfall und ich benötige ihn als Unfallzeugen." Dann zeigte er den Kindern seinen Ausweis.

„Ja", sagte ein Junge, „so einer steht schon mal neben meinem Papa."

„Zeige mir doch bitte einmal, wo dein Papa in der Tiefgarage steht."

Der Junge führte Oberkommissar Till zum Parkplatz seines Vaters. Der Parkplatz war natürlich leer. Anschließend setzte er sich mit Köstel in Verbindung und berichtete.

„Sollte dort der Wagen stehen, den wir suchen, dann hat sich der Aufwand gelohnt", meinte Köstel.

In Lübeck suchte man intensiv weiter. Riesige Tiefgaragen mussten Fiete Olsen und

Antje Stein durchsuchen. Bis zum späten Nachmittag waren es gut einhundertachtzig Fahrzeuge, die sie in Augenschein genommen hatten. Doch dann, direkt neben dem Tiefgaragenausgang zum Haus, sahen sie fünf freie Stellplätze, die mit einer Kette gesichert waren. Die Geschichte war schon eigenartig. Fiete Olsen und Antje Stein versuchten nun herauszufinden, in welchem Haus sie den Hausmeister erreichen könnten. Nachdem sie sich beim Hausmeister ausgewiesen hatten, fragten sie, wer denn der Mieter dieser Parkplätze sei?

„Das ist eine Import- und Export Firma aus Hamburg, das hat schon seine Richtigkeit", antwortete der Hausmeister.

Kapitel -13-

Wie vom Chef angemahnt, begab sich Manfred am anderen Morgen nach Hamburg. Die „Graue Eminenz" besprach nun mit ihm die sich immer mehr zuspitzende Situation. Beide kamen überein, es muss jetzt etwas geschehen. Ein weiterer Transport, jetzt mit zehn Mädchen sollte realisiert werden. Der Container Firma wurde jedoch der Boden zu heiß und sie weigerte sich, nochmals Container zum Transport zur Verfügung zu stellen.

„Zwei oder drei Tage können wir die Mädchen in unserem Versteck halten, dann müssen sie aber weg."

Von Moldawien oder von Rumänien nach Polen die Mädchen zu bringen, war eine Kleinigkeit. Die Probleme kommen erst, wenn die deutsche Grenze passiert werden muss. Dabei darf kein Risiko eingegangen werden. Sie beschlossen, um Klein gefügig zu machen, Vera als Druckmittel zu benutzen. Es vergingen noch drei weitere Tage.

Manfred hatte alles mit seinen Leuten durchgesprochen und sie auf den Einsatz vorbereitet.

Am vierten Tag meldete sich Manfred bei Vera.

„Hallo mein Schatz, es hat doch alles besser geklappt, als ich es mir vorgestellt habe und die Geschäfte sind auch hervorragend gelaufen. Sag mal, wie geht es dir und hast du es in Lübeck auch so genossen wie ich? Wann kommt dein Mann nach Hause?"

Innerlich fing Vera schon wieder an zu glühen.

„Vor zwei Stunden hat er mich angerufen und mir gesagt, dass er morgen noch etwas ganz Dringendes bei der Polizei zu erledigen habe, dann käme er aber zum Wochenende nach Hause."

„Hättest du Lust, heute Abend noch einmal mit mir Essen zu gehen? Gleicher Ort, gleiches Lokal, gleiche Zeit und vor allem, gleiches Spiel!"

Vera war wieder total aufgewühlt, ja sie zitterte wieder am ganzen Körper.

„Mit dir, immer", antwortete Vera.

Vera richtete sich von oben bis unten mit dem Besten und schönsten, was sie im Kleiderschrank hatte. Er sollte doch staunen! Sie kam nicht einmal mehr dazu, ihrer Freundin zu sagen, dass sie zu dem verabredeten Termin nicht kommen könnte. Vera setzte sich in ihren Wagen und fuhr los. Heute kam sie nicht zu spät, sie war pünktlich wie die Maurer und parkte auch gleich in der obersten Etage, wo Manfred bereits auf sie wartete. Sie wechselte das Auto und ab ging es über die A24 zur A1 und keine halbe Stunde dauerte es und sie waren wieder in Lübeck. Wieder kam die elegante Dame und fragte.

"Na, möchten Sie sich das Appartement noch einmal ansehen?"

„Ja", sagte Manfred, „aber wahrscheinlich werden wir morgen erst abreisen."

An der Rezeption holten sie sich den Schlüssel und gingen hinauf.

Vera glühte vor Erregung, es ging ihr nicht schnell genug. Trotzdem, dieses Mal übernahm Manfred die Initiative. Alles, was man sich an Liebesspielen denken konnte, probierten sie aus. Nach gut eineinhalb Stunden, sie hatten sich gerade wieder angezogen. Manfred schaute mit ihr aus dem Fenster hinunter zum Parkplatz, es war die Hofseite. Sie sahen, wie sich zwei Männer an ihrem Wagen zu schaffen machten. Manfred eilte sofort hinunter und rannte zu seinem Auto. Die Männer waren weg. Vera beobachtete, wie Manfred den Wagen überprüfte. Sie signalisierte ihm einen Handkuss. Dann ging sie ins Bad, ihr Make-up hatte doch sehr gelitten. Sie hörte an ihrer Tür ein Klopfen und öffnete sie. Vor der Tür standen zwei maskierte Männer, sie drangen ein und überwältigten Vera. Sie hielten ihr ein mit Äther getränktes Taschentuch vor dem Mund. Vera wurde sofort ohnmächtig, obwohl sie durch ihr Tennisspiel doch eine sehr kräftige Frau war.

Manfred meldete sich bei der geschäftsfüh-
renden Dame ab und erteilte ihr noch einmal den Auftrag, kein Eintrag ins Gäste-
buch! Manfred machte sich nun wieder auf
dem schnellsten Wege in Richtung Hamburg. Vera hingegen war in den Händen der
Entführer. Schon aus dem Auto benachrichtigte er seinem Chef, dass alles nach Plan gelaufen sei. In Hamburg angekommen,
wurde Klein davon in Kenntnis gesetzt,
dass man seine Frau entführt habe und
wenn er nicht das von ihm verlangte sofort
in die Wege leite, werde er seine Frau lebend
nicht wiedersehen. Vor allem aber, keine
Polizei!
Helmut Klein war nun in allerhöchster Not.
Was sollte er machen? Als Erstes versuchte
er seine Frau auf ihrem Handy anzurufen.
Als sich dort aber nur eine Männerstimme
meldete, wusste er, die haben Ernst gemacht. Um auf dem schnellsten Wege wieder nach Deutschland zu kommen, gab er
Kowatsch den Auftrag, den Container wie
gewünscht umzubauen. Dann buchte er die

nächste Maschine nach Hamburg. Um so schnell wie möglich wieder zu Hause erreichbar zu sein, nahm er am Flughafen ein Taxi.

Kaum hatte er seine Wohnung betreten, läutete das Telefon. Er nahm der Hörer ab und meldete sich:

„Ja, hallo, Klein hier."

Einen Augenblick hörte man nichts, dann eine Frauenstimme:

„Schönfelder hier, Ihre Frau und ich, wir sind uns beim Tennis begegnet und haben festgestellt, dass wir zusammen zur Schule gegangen sind. Kann ich Vera bitte sprechen?"

Helmut Klein überlegte nun:

„Soll ich es ihr sagen?", nein dachte er.

„Frau Schönfelder, es tut mir wirklich leid, aber meine Frau ist nicht zu Hause."

Einen Augenblick hörte man nichts.

„Ich versuche jetzt schon den ganzen Tag Vera zu erreichen, leider ohne Erfolg. Wissen Sie, wir waren für gestern Abend verabredet, sie ist aber nicht erschienen und eine

Nachricht hat sie auch nicht hinterlassen. Das ist nicht ihre Art."

Kapitel -14-

In der Mordkommission war man gerade dabei, die mühevoll zusammengetragenen Erkenntnisse aufzuarbeiten. Die Männer der KTU waren aber mit dem, was sie herausgefunden haben, unzufrieden. Alle Spuren, die sie fanden, stimmten mit der DNA-Analyse der beiden Toten überein. Es fehlte der Hinweis nach draußen.

„Wir brauchen den dunkelblauen Mercedes", sagte Köstel und dann weiter, „der Wagen ist der Schlüssel zum Erfolg."

Es meldete sich die Autobahnleitstelle. Köstel nahm das Gespräch an:

„Köstel hier, Mordkommission."

„Hier ist die Autobahnpolizei Bad Oldesloe, hören sie, auf dem Parkplatz zwischen Reinfeld und Bad Oldesloe in Richtung Hamburg wurde eine tote Frau gefunden. Wir haben bereits alles abgesperrt und die Spurensicherung ist auch benachrichtigt."

Köstel traf mit seinem Gefolge am Fundort ein und wie immer, Dr. Wester war schon bei der Arbeit. Köstel kam und Dr. Wester schaute hoch. Bevor der Fuchs auch nur ein Wort fragen konnte, sagte Dr. Wester:

„Auch hier, keine Identität und der Fundort ist nicht der Tatort. Sie ist etwa acht Stunden tot und wurde erschossen. Den Rest bekommen Sie nach der Obduktion."

Köstel ließ nun von seinen Leuten, die Insassen der noch auf dem Parkplatz stehenden Fahrzeuge befragen. Am Ende des Parkplatzes stand ein großer Sattelzug. Beide Fahrer schliefen noch. Kommissar Olsen klopfte an die Tür und weckte sie:

„Guten Morgen, wir sind von der Polizei und möchten von Ihnen gerne wissen, ob Sie heute Nacht etwas gesehen haben, oder ob Ihnen hier sonst etwas aufgefallen ist?", fragte Olsen.

„Nein", antwortete der Fahrer, „als wir ankamen, stand hier ein Wagen, an dem wir vorbeigefahren sind, wir wollten uns am Ende des Parkplatzes hinstellen. Unmittelbar, nachdem wir den Wagen überholt hatten, setzte dieser seine Fahrt fort und fuhr wieder an uns vorbei."

„Haben Sie das Fahrzeug erkannt", fragte Olsen weiter.

„Ja, es war ein dunkler Mercedes, auf das Kennzeichen haben wir natürlich nicht geachtet."

„Mit Vollgas rauschte er an uns vorbei, das ist das Einzige, was uns aufgefallen ist."

„Noch eine letzte Frage", sagte Olsen, „wie spät war es, als Sie hier ankamen?"

„Moment", sagte der Fahrer, „ich nehme mal die Tachoscheibe und schau nach. Es war genau drei Uhr und sechzehn Minuten."

„Danke", sagte Olsen, „Sie haben uns sehr geholfen."

Alle anderen Fahrzeuge, die noch auf dem Parkplatz standen, sind alle wesentlich später eingetroffen. Die Spurensicherung durchkämmte das ganze Gebiet. Am Fundort, außer Zigarettenkippen und die Schleifspur hinein ins Gebüsch, hat man nichts gefunden. Auch von der Tatwaffe fehlte jede Spur. Wobei die Zigarettenreste auch von jedem anderen Autofahrer sein konnten. Natürlich wurden auch hier die erforderlichen Fotos am Fundort gemacht.

Schon am anderen Morgen kam Dr. Wester mit seinem ersten Befund.

„Also meine Herren", sagte er: „Sie wurde in der Nacht zwischen eins und zwei Uhr getötet."

„Am Kopf und an den Armen haben wir sehr starke Kampfspuren gefunden. Außerdem hatte sie noch am Abend einen außergewöhnlich starken, freiwilligen Geschlechtsverkehr. Im Genitalbereich sind daher auch keine Spuren von Gewalt festzustellen. An ihrem Unterleib haben wir weitere Spurenelemente gefunden, die bei der DNA-Analyse mit den Spermen übereinstimmen. Getötet wurde sie aus nächster Nähe, mit einem Schuss ins Herz, sie war sofort tot. Wenn ich die Obduktion abge-

schlossen habe, erhalten Sie meinen Schluss-
bericht. Um weiter recherchieren zu können, habe ich Ihnen von der Toten zwei Fotos beigefügt."

Kapitel -15-

Die ganze Nacht lang wartete nun Helmut Klein auf ein Lebenszeichen seiner Frau. Es rührte sich nichts. So gegen neun Uhr in der Frühe läutete wieder das Telefon. Aufgeregt nahm er den Hörer ab und meldete sich:

„Ja", Klein hier, Vera bist du es?"

„Nein, hier ist wieder Frau Schönfelder", bekam er zu hören,

„Herr Klein, mit Vera stimmt etwas nicht, ich komme jetzt zu Ihnen, vielleicht kann ich helfen."

Klein war verzweifelt, ist er doch den Forderungen der „Partner" nachgekommen. Nach gut fünfundvierzig Minuten stand Ellen vor seiner Tür. Sie läutete, in der Annahme es sei seine Frau, öffnete er die Tür. Mit einem traurigen Blick, stand er in der Tür, dann sagte er aber:

„Kommen Sie, treten Sie ein."

„Ja, danke", sagte sie und dann weiter, „wir waren gestern Abend verabredet, bei einem schönen Glas Wein wollten wir über alte Schulzeiten uns austauschen."

Ellen konnte ja nicht darüber sprechen, dass Vera einen Mann kennengelernt hat und mit ihm schon einen vergnügten Abend hatte. Vielleicht war sie ja wieder mit ihm zusammen? Helmut Klein war in einer verzwickten Lage.

„Der Frau Schönfelder kann ich doch nicht den wahren Grund erzählen", ging es durch seinen Kopf.

Einige Minuten war absolutes Schweigen, denn jedem der Beiden wurde es immer klarer, hier muss etwas geschehen sein.

„Sie müssen zur Polizei gehen und eine Vermisstenanzeige aufgeben", sagte Ellen.

„Wenn ich das tue", dachte Helmut Klein, „dann sehe ich Vera lebend nicht wieder."

Er überlegte noch einen Augenblick, es fiel ihm schwer, die Wahrheit zu sagen. Machte er doch diese Geschäfte auf eigene Rechnung. Gezahlt wurde in Rumänien cash und ohne Rechnung.

„Ich muss ihr ja nicht alles sagen", dachte er.

Dann wandte er sich Ellen zu und sagte:
„Frau Schönfelder, ich muss Ihnen etwas anvertrauen."
Ellen hörte aufmerksam zu.
„Mit der strengsten Auflage „keine Polizei", habe ich gestern Abend einen Anruf bekommen, dass meine Frau entführt worden sei. Ich habe auf weitere Anweisungen zu warten."
Dass soeben gehörte, musste nun Ellen erst einmal verarbeiten.

Kapitel -16-

Oberinspektor Köstel und Oberkommissar Till waren gerade dabei, den Obduktionsbericht zu studieren und sich die beigefügten Bilder der Toten Frau anzuschauen, als Kriminalrat Dr. Schlauer das Büro der Mordkommission betrat.

„Meine Herren", legte er gleich los, die Presse und der Innenminister machen mir die Hölle heiß, ich brauche Ergebnisse." Und zwar, bald."

Köstel schaute den Kriminalrat an und genau in diesem Augenblick schoss es ihm durch den Kopf, das Fernsehen!

„Herr Kriminalrat, Sie könnten uns mit Ihren Beziehungen in diesem Fall, eine große Hilfe sein."

Alle im Raum sitzenden horchten auf.

„Herr Dr. Schlauer, wenn Sie dafür Sorge tragen, dass uns in der Sendung „Wir suchen ABZ ungelöst", 20 Sekunden Sendezeit zur Verfügung gestellt werden, kommen wir einen riesigen Schritt weiter."

Über den Innenminister schaffte es Dr. Schlauer, dass dieses Foto im Fernsehen gezeigt wurde.

Ellen, mit dem Wissen, dass Vera entführt wurde, schaute sich diese Sendung an. Vor Entsetzen blieb ihr der Atem weg, als sie Veras Bild im Fernsehen sah. Sofort setzte sie sich mit Helmut klein in Verbindung und berichtete, was sie soeben gesehen habe. Aus einem ganz bestimmten Grunde wollte er es nicht wahrhaben, dass das gezeigte Bild von Vera war. Klein hätte sich gerne noch mit seinen Auftraggebern in Verbindung gesetzt. Diese aber hatten es so fein eingefädelt, dass er nur seinen Mittelsmann in Rumänien erreichen konnte. Dieser konnte ihm aber nur sagen: „Wenn der Container fertig ist, kommt deine Frau nach Hause." Ellen wollte natürlich keine Zeit verlieren. Nachdem sie mit Helmut Klein gesprochen hatte, rief sie sofort beim Sender an und erklärte:

„Ja, ich kann diese Frau mit hundertprozentiger Sicherheit identifizieren."

„Es ist Frau Vera Klein aus Hamburg, Deichstraße 45."

Der Sender informierte die leitende Mordkommission.

„Jetzt haben wir eine Spur", frohlockte Köstel und bedankte sich bei seinem Vorgesetzten Dr. Schlauer.

Klein lief in seinem Wohnzimmer hin und her und immer wieder dachte er:

„Was soll ich bloß machen, wenn das wirklich Veras Bild war, soll ich jetzt einfach zur Polizei gehen, sie als vermisst melden und dann so tun, als wisse ich von nichts."

Seit der Sendung und dem Anruf von Ellen waren inzwischen über zweieinhalb Stunden vergangen. Er kämpfte mit sich, den richtigen Weg zu finden. Es läutete an seiner Haustür,

„Nanu", dachte er, „ist die Schönfelder schon wieder da?"

Es war nicht die Schönfelder, vor ihm stand Oberinspektor Köstel:

„Guten Abend Herr Klein, Köstel mein Name, ich bin der Leiter der Mordkommission, kann ich Sie einen Moment sprechen?"
Klein, dem vor Schreck fasst das Herz stehen geblieben wäre, sagte dann aber doch:
„Kommen Sie, treten Sie ein."
Köstel trat ein und Klein bat, Köstel möge sich doch setzen. Dann ergriff Helmut Klein sofort die Initiative.
„Herr Oberinspektor", sagte er,
„Frau Schönfelder hat mich informiert und gesagt, dass das Bild meiner Frau im Fernsehen zu sehen war. Ich hatte zwei Tage vorher per Telefon die Nachricht bekommen, dass meine Frau entführt sei und ich auf keinen Fall die Polizei einschalten dürfe. Sonst würde ich sie lebend nicht wiedersehen. Ich soll auf neue Anweisungen warten. Ja und jetzt warte ich."
Köstel dachte einen Moment nach, dann fragte er:
„War Ihre Frau mit dem Auto unterwegs?"
„Es muss wohl so sein", antwortete Klein, „ihr Wagen steht nicht in der Garage."

„Das Kfz-Kennzeichen benötige ich", sagte Köstel.

„Ihr Kennzeichen lautet HH-SL-1944, sie hat einen grauen Micra. Das ist ein Wagen der neueren Bauart."

„Liegt denn ein Grund vor, sie zu entführen, sind Sie vermögend?", wollte Köstel jetzt wissen. „Nein", antwortete ihm jetzt Klein.

„Noch eine letzte Frage, was machen Sie beruflich?"

„Ich bin hier in Hamburg Geschäftsführer der Container Spedition Hoffmann & König."

„Als ich vor drei Tagen am Abend nach Hause kam, erhielt ich den besagten Anruf." Köstel überlegte, es kam der Fuchs wieder in ihm durch.

„Die Entführer werden das Bild Ihrer Frau genauso im Fernsehen gesehen haben, wie auch Frau Schönfelder. Ich gehe jetzt mal davon aus, dass die sich bei Ihnen nicht mehr melden werden."

„Wenn ja, hier haben Sie meine Nummer, bitte melden Sie sich dann sofort, jetzt fahnden wir zuerst nach dem Wagen Ihrer Frau."

Der Fuchs verabschiedete sich von Helmut Klein mit dem Hinweis, sich wieder zu melden, wenn sich wieder etwas Neues ergibt.

Zur gleichen Zeit, wie beim Ehemann der Toten, läutete es bei Ellen Schönfelder. Zu ihr hatte sich Oberkommissar Till begeben. Sie öffnete die Tür und die Staunende sah den Oberkommissar vor sich stehen.

„Guten Abend", sagte er, „Till ist mein Name, ich bin von der Mordkommission. Sie haben doch beim Sender angerufen und die Tote eindeutig identifiziert."

Er zeigte ihr seinen Ausweis. Ellen war erstaunt, dass nach einer so kurzen Zeit schon jemand vor ihrer Tür stand.

„Darf ich eintreten", fragte Till.

„Ja bitte, treten Sie ein und setzen Sie sich."

Oberkommissar Till schaute sich in der Wohnung um: „Donnerwetter", dachte er, „hier ist aber alles stilvoll eingerichtet."

„Frau Schönfelder", sagte Till, „Sie werden verstehen, wenn ich jetzt einige Fragen an Sie richten muss."

Sie lächelte: „Schießen Sie los, ich werde Ihnen, soweit ich kann, alles beantworten."

Till:

„Wie war das Verhältnis zwischen Ihnen und der Frau Klein?" Ellen überlegte einen Augenblick:

„Soll ich ihm alles erzählen, was in den letzten drei Wochen geschehen ist", fragte sie sich, „hier gibt es nur eine Antwort, ja!"

„Also Herr Kommissar, vor drei Wochen, der Zufall wollte es so, haben wir uns nach vielen Jahren im Umkleideraum der Tennisanlage wiedergesehen. Wir spielten ein Matsch, aber nur zwei Sätze, dann beschlossen wir ein Restaurant aufzusuchen. Es gab ja sehr viel zu erzählen. Ich muss noch hinzufügen, mein Mann ist Staatssekretär im Auswärtigen Amt und unser Wohnsitz wurde vorübergehend nach Hamburg verlegt. Vera und ich, wir beschlossen nun, uns regelmäßig zu einem Matsch zu treffen, was auch geschah. Bei unseren sonstigen Treffen wurde über Gott und die Welt gesprochen. So beklagten wir gegenseitig, doch sehr oft und sehr lange alleine zu sein. Veras Mann ist Geschäftsführer einer großen Container Spedition und muss sehr oft ins Ausland reisen. Nach unserem Matsch sind wir regelmäßig in den Klub gegangen und haben noch einen Drink zu uns genommen. Ach, entschuldigen Sie, ich rede immer nur und Sie kommen gar nicht zu Wort", sagte Ellen und wollte schon abbrechen.

„Nein, nein", erwiderte Till, „reden Sie nur weiter, ich bin ein aufmerksamer Zuhörer."

„Vor ca. zehn oder zwölf Tagen, wir standen mal wieder an der Bar und nahmen unseren Drink. Plötzlich wurden wir von zwei sehr attraktiven Männern angesprochen.

„Meine Damen, wir haben Sie beobachtet und sind von Ihrem Spiel beeindruckt. Würde es Ihnen etwas ausmachen, einmal mit uns ein gemischtes Doppel, oder auch gegeneinander ein Einzel zu spielen?"

Wir haben uns darauf eingelassen und einige Male Mit- und Gegeneinander gespielt. Die beiden Herren haben sich uns vorgestellt, wie es im Tennis üblich ist, mit den Vornamen Manfred und Dieter. Wobei Manfred immer nur mit Vera spielen wollte. Das ist mir zwar aufgefallen, aber ich habe mir nichts dabei gedacht. Manfred gab Vera seine Handynummer mit der Bemerkung, sie könne ihn ja anrufen, wenn sie ein Matsch spielen wolle. Ich weiß, dass die Beiden sich verabredet haben und Vera zu einem Abendessen eingeladen wurde. Von diesem wohl sehr gelungenen Abend wollte sie mir bei unserem jetzt doch geplatzten Treffen berichten. Mir gab es zu denken, sie hat nicht einmal unser Treffen abgesagt. Das ist nicht ihre Art."

Kapitel -17-

Anschließend im Kommissariat, Kriminalrat Dr. Schlauer war anwesend und wollte nun über den aktuellen Stand der Ermittlungen informiert werden. Oberinspektor Köstel ergriff das Wort:

„Zuerst Herr Dr. Schlauer, möchte ich mich bei ihnen dafür bedanken, dass es Ihnen gelungen ist, die gewünschten zwanzig Sekunden in der Fernsehsendung „Wir suchen ABZ ungelöst" unterzubringen. Es ist ein durchschlagender Erfolg!"

In einem fünfzehn Minuten dauernden Referat fügte Köstel alle bis zu diesem Zeitpunkt recherchierten Hinweise zusammen.

„Ich glaube", bemerkte er anschließend, „den Mercedes werden wir bald haben. Die an den Tatorten gefundenen Fakten tragen dazu bei. Bis zur Stunde kann ich es zwar noch nicht beweisen, trotzdem gehe ich davon aus, dass unsere drei Fälle einen Nenner haben. Den Beweis werde ich erbringen, wenn wir den dunkelblauen Mercedes haben."

Die Tür öffnete sich, Dr. Wester trat ein und legte Köstel den endgültigen Obduktionsbericht vor.

„Dr.", fragte Köstel gleich, „gibt es etwas Neues?" Worauf dieser antwortete:

„Aber ja, Sie werden staunen!"

„Dann legen Sie mal gleich los und spannen Sie uns nicht so auf die Folter", sprudelte es aus dem Munde von Dr. Schlauer.

„Immer noch der Alte", dachte Dr. Wester. Dann aber begann er mit seinen Erläuterungen.

„Kleinste Partikel, die wir noch unter den Fingernägeln der toten Frau Klein fanden, sind in der DAN-Analyse nicht identisch mit den Spermen, jedoch mit einer Spur, die wir noch im Nachhinein aus Hamburg von der Schwerverletzten bekamen und mit dieser übereinstimmen."

Köstel hakte sofort ein: „Frau Komanasi hat uns doch erzählt, dass der Mann, der mit ihr

und mit der toten Svetlana in den Wald gegangen war, nach dem er Svetlana getötet
hatte, in das andere Auto eingestiegen ist.
Ich bin überzeugt, diese Spur finden wir
auch in dem dunkelblauen Mercedes. Also
gehen wir unseren Spuren nach, meine Herren, aber mit höchster Vorsicht."

Um nun niemanden zu beschuldigen und
andererseits keinen Verdacht aufkommen
zu lassen, bekamen Kommissar Olsen und
Kommissarin Stein den Auftrag, die zu den
vier leeren Stellplätzen gehörende Wohnung näher in Augenschein zu nehmen. Der
Hausmeister sollte auch zunächst außen
vorgelassen werden. Der Zufall wollte es,
sie waren gerade in der Tiefgarage und
schauten sich noch einmal die vier leeren
Parkplätze nach eventuellen Spuren an.
Antje Stein hörte, wie sich das Garagentor
öffnete, es war eine riesige Tiefgarage. An
den Scheinwerfern des Autos konnten sie
erkennen, dass sich dieses Auto in ihrer
Richtung bewegte. Schnell suchte man ein

Versteck hinter gegenüber parkenden Fahrzeugen. Als sie sahen, dass dieser Wagen, es war ein großer BMW, die abgesperrten Parkplätze ansteuerte, richteten sie sich auf und gingen mit den Herren zum Fahrstuhl. Die beiden Herren drückten die fünfzehnte Etage, also wollten sie zu der auf dieser Seite liegenden Penthouse Wohnung. Fiete Olsen und Antje Stein drückten die vierzehnte Etage und spielten im Fahrstuhl das verliebte Pärchen. Auf vierzehn angekommen, verließen beide lautlos den Fahrstuhl. Olsen eilte ein Stück die Treppe hinauf, um zu hören, wie diese Herren empfangen werden. Es war eine Männerstimme, die sie mit den Worten empfing:

„Treten Sie ein, wir haben Sie kommen sehen."

Kommissar Olsen war klar, diese Wohnung ist videoüberwacht. Ungesehen kommt dort niemand an die Tür.

Kapitel -18-

Es stellte sich nun heraus, dass auch der Deutsche Zoll in dieser Angelegenheit bereits tätig war. Der rumänischen Botschaft in Hamburg lagen diverse Vermisstenanzeigen von rumänischen Familien bezüglich ihrer Töchter vor. Das Deutsche Auswärtige Amt wurde kontaktiert. Zoll Oberinspektor Kreuzer wurde damit beauftragt, in diese Richtung zu recherchieren. Aufgrund von Ellens Anruf setzte sich ihr Mann als Staatssekretär mit Kreuzer in Verbindung und berichtete, was er durch seine Frau im Fall Vera Klein erfahren habe und welche Mordkommission zuständig sei. Über Kriminalrat Dr. Schlauer wurde nun die Verbindung zwischen Kreuzer und Köstel hergestellt. Beide kamen überein, im Hause der Mordkommission eine gemeinsame Lagebesprechung durchzuführen. Schnell stellte sich hierbei heraus, dass die Zollbehörde noch ganz am Anfang ihrer Ermittlungen war.

„Ich glaube", sagte Köstel, „es liegt in unserem beiderseitigen Interesse, nicht nur die Morde aufzuklären, sondern die ganze Bande dingfest zu machen. Lt. unserer Recherchen wissen wir, wo die besagten Etablissements sind. Wir haben zum Vergleich diverse D N A Spuren und wissen, dass uns ein dunkelblauer Mercedes mit einem Hamburger Kennzeichen zum Ziel führt."

Kreuzer wusste jetzt, worauf er mit seinen Leuten zu achten hatte. Es wurden fortan alle mit Container beladene Fahrzeuge und einer Hamburger Kfz. Nummer besonders unter die Lupe genommen. Vor allem aber achtete man auf einen dunkelblauen Mercedes.

Reinigungskräften im Einkaufszentrum war es aufgefallen, dass schon seit einigen Tagen auf dem oberen Parkdeck ein grauer Micra stand. Um dieses Fahrzeug entfernen zu können, benachrichtigten sie die Polizei. Die Polizei kam und versuchte zunächst den Halter zu ermitteln. Schnell stand fest, wem dieses Fahrzeug gehörte. Die Kripo wurde eingeschaltet und binnen kürzester Zeit erhielt Oberinspektor Köstel von diesem Fund eine Nachricht. Sofort setzte er sich in seinen Wagen und fuhr in Begleitung von Kommissarin Antje Stein nach Hamburg. Das Fahrzeug hatte man schon in der Zwischenzeit zur KTU gebracht. Köstel gab der KTU die Anweisung, den Micra bis auf kleinste Spuren zu untersuchen. Das Ergebnis sollte man ihm vorab per Mail übermitteln. Anschließend suchte Köstel noch einmal Helmut Klein auf.

„Herr Klein", sagte Köstel, „wir haben den Wagen Ihrer Frau gefunden. Entdeckt wurde er auf dem obersten Parkdeck eines Einkaufszentrums. Zurzeit wird das Fahrzeug von der KTU untersucht. Können Sie mir nun erklären, warum wir Ihre Frau an der Autobahn vor Bad Oldesloe und ihren Micra im EKZ gefunden haben?"

Klein überlegte, er konnte nun wirklich nichts dazu sagen. Er sagte nur:

„Dorthin ist meine Frau nie gefahren. Mehr ist mir nicht bekannt."

Köstel nun wieder:

„Wussten Sie, dass Ihre Frau einen Liebhaber hatte?"

„Nein", antwortete Klein.

„Nach unseren Recherchen ist dieses Verhältnis auch erst in den letzten vierzehn Tagen entstanden", fügte die Kommissarin hinzu.

Köstel bohrte weiter:

„Kann das mit Ihrer Tätigkeit in Rumänien zu tun haben?"

„Für meine Leute in Rumänien lege ich meine Hand ins Feuer", war die Antwort.

„Wenn Sie sich dabei nicht mal die Finger verbrennen", erwiderte Köstel. Die Ergebnisse der KTU wurden unmittelbar an Köstel weitergeleitet. Fingerabdrücke und an den Kopfstützen diverse Haare wurden gefunden. Die D N A - Analysen wurden erstellt. Nachdem diese eingegangen waren, ließ Köstel alle Spuren miteinander vergleichen.

„Jetzt bekommen wir ein abgerundetes Bild", sagte er mit erhobener Stimme.

Spuren aus dem Unfallwagen stimmten mit den Spuren, die man im Micra von Frau Klein gefunden hat, überein.

Oberkommissar Till machte darauf aufmerksam, dass Frau Ellen Schönfelder ausgesagt habe, Vera Klein hätte sich wohl wieder mit ihrem Tennispartner getroffen. Mit dem Namen Manfred hat er sich vorgestellt. Mehr konnte sie nicht dazu sagen.

Köstels Geduld war am Ende.

"Ich will den dunkelblauen Mercedes", sagte er und ließ die beiden ihm bekannten Standorte nun Tag und Nacht überwachen. Oberkommissar Till übernahm Neumünster und Köstel mit seinem Leuten Lübeck. Drei Tage wurden nun schon die Stellplätze in den Tiefgaragen überwacht. Es kamen viele große Fahrzeuge, von jedem Auto notierten sie die Kfz. Nummer. Am vierten Tag hatte man in Neumünster Erfolg. Gegen zweiundzwanzig Uhr kam ein dunkelblauer Mercedes, jedoch jetzt mit einer Bad Oldesloe Nummer.

Drei junge Mädchen und der Fahrer stiegen aus. Die zur Beobachtung in ihrem Auto sitzende Kriminalkommissare verhielten sich so, als wollten sie gerade abfahren. Einer ist ausgestiegen und mit den Worten:

„So ein Scheißdreck, warte, ich komme gleich wieder", knallte die Autotür zu und lief den soeben Angekommenen hinterher. Er beobachtete, dass der Fahrer auch die oberste Etage gedrückt hatte; also die Penthouse Wohnung. Auch in diesem

Haus gab es zwölf Mieter auf jeder Etage. Sofort wurde Köstel informiert, es herrschte die höchste Alarmstufe. Der Fuchs schaltete sofort. Unter dem Vorwand, dieses Fahrzeug hat einen Verkehrsunfall verursacht und danach Fahrerflucht begangen, ließ Köstel durch Oberkommissar Till den Fahrer, nachdem dieser die Mädchen abgeliefert hatte und die Tiefgarage wieder verlassen wollte, verhaften. Das Fahrzeug wurde sichergestellt und der KTU übergeben. Der Fuchs wählte diesen Weg, um zu vermeiden, dass der Fahrer noch irgendwelche Signale weitergeben konnte.

Kapitel -19-

Einige Stunden zuvor hatte auch der Zoll Erfolg. Etwa zwei Kilometer nach dem Grenzübergang Traunstein gibt es einen Autohof. Dieser wird gerne von LKW-Fahrern aufgesucht. Hier kontrollierte der Zoll noch einmal, um Schmugglern auf die Schliche zu kommen. Ein Fahrzeug der Firma Hoffmann & König, dass mit einem 40 Fuß Container beladen war, hatten die Zöllner im Visier.

Sie kontrollierten diesen Container, ließen den Mittelgang räumen und durchsuchten ihn.

Man fand aber nichts. Der Fahrer wollte gerade wieder einsteigen, und seine Fahrt fortsetzen.

Mit lautem Rufen machte sich ein Zöllner bemerkbar. Er hatte an der Stirnseite des Containers eine verdeckte Tür gefunden. Der leitende Zollbeamte fragte, wozu denn diese Tür benötigt würde, bekam die Antwort:

"Diese Tür benötigen wir, um auch von der Vorderseite an die Ladung zu kommen."

„Bitte öffnen Sie diese Tür", beauftragte der Zollbeamte den Fahrer.

Dieser kam der Aufforderung gelassen nach, weil er wusste, dieser Raum ist leer. Nach dem Öffnen sahen die Zöllner den Grund. Es war ein gesondert abgetrennter Raum, der den Container um 1,5 Meter verkürzte.

"Wozu benötigen Sie diesen Raum", wurde er gefragt. Er antwortete:

„Es kommt immer wieder vor, dass wir Ladungen haben, die voneinander getrennt werden müssen."

„Das glaube ich Ihnen aufs Wort", sagte der Zollbeamte.

„Sie kommen jetzt mit ins Präsidium, wir haben einige Fragen an Sie."

Die Spurensicherung wurde herbeigerufen, um diesen Innenraum genau zu untersuchen. Eine Unzahl von verschiedenen Spuren wurde gefunden und zur DNA-Analyse weitergeleitet.

Zoll-Oberinspektor Kreuzer verhörte nun den Lkw-Fahrer.

"Nun erzählen Sie mal, was Sie so alles in dieser Räumlichkeit transportieren?"

Der Fahrer überlegte, was er wohl sagen könnte, ohne sich selbst in die Nessel zu setzen.

"Herr Oberinspektor", sagte er, „ich bin Lkw-Fahrer, und wenn ich mit meiner Zugmaschine komme, ist der Container bereits beladen."

Kreuzer wollte den Fahrer nun in Sicherheit wiegen.

"Dann wissen Sie also nicht, was der Container geladen hat?"

"Nein, beim besten Willen nicht, er ist doch verplombt", antwortete der Fahrer.

Die Tür öffnete sich und eine Mitarbeiterin übergab ihm eine Mitteilung. Kreuzer schaute sich diese an. Dann sagte er:

"Unsere Spurensicherung hat aber zweifelsfrei herausgefunden, dass bis vor ca. zwei Stunden in dieser Räumlichkeit Menschen transportiert wurden!"

„Jetzt war dieser Raum aber leer, wo sind diese Mädchen geblieben?"

Der Fahrer wusste, ohne sein Aufschließen, konnte niemand den Container verlassen. Man hatte ihn in die Enge getrieben.

"Herr Kommissar", sagte er, "wenn ich hier stehe, kommen immer ein bis zwei Fahrzeuge und holen diese Mädchen ab."

"Beschreiben Sie uns diese Fahrzeuge, Sie müssen sich doch vergewissern, ob Sie dem Richtigen die Ware übergeben haben."

"Ich weiß nur, dass diese Fahrzeuge nicht von meiner Firma sind."

"Ich will den Wagentyp wissen", sagte Kreuzer, "merken Sie sich, es geht hier um Mord."

Jetzt bekam es der Fahrer mit der Angst zu tun.

„Es ist ein dunkelblauer Mercedes. Dieser Wagen hat aber immer ein anderes Kennzeichen."

„Und das andere Fahrzeug, was ist das für ein Wagentyp?", wollte Kreuzer jetzt wissen. „Es sind immer andere Typen und Farben."

„Sie bleiben zunächst bei uns in Gewahrsam, der Haftbefehl ist beantragt."

Kreuzer nahm das Telefon und setzte sich mit Köstel in Verbindung: „Hallo Kollege Köstel", sagte er,

„ich habe mit meinen Leuten auch Erfolg gehabt. Im überprüften Container wurden diverse Spuren gefunden. Diese haben wir zur schnellstmöglichen Auswertung weitergeleitet."

Daraufhin ließ Köstel auch sofort Helmut Klein wegen Menschenhandel und im Weiteren, wegen Beihilfe zum Mord, verhaften.

Kapitel -20-

Um bei der Vernehmung des Mercedes Fahrers dabei zu sein, begab sich Köstel auf dem schnellsten Wege nach Neumünster. Nach seiner Ankunft berichtete er zuerst seinem Kollegen Till, was ihm zwei Stunden zuvor von den Zollkollegen mitgeteilt wurde.

"Also", sagte Till, "der Kreis schließt sich.

Der Festgenommene war elegant gekleidet und hinterließ den entsprechenden Eindruck. Köstel wusste, dass so, wie diese Festnahme über die Bühne gegangen war, konnten seine Auftraggeber keine Kenntnis darüber haben, wo er abgeblieben ist. Sein Boss wusste nur, dass er die drei Mädchen abgeliefert habe und an seinem neuen Ziel eben noch nicht angekommen sei. Köstel und Till hatten also mindestens achtundvierzig Stunden Zeit.

Der Festgenommene wollte unbedingt seinen Anwalt sprechen und pochte auf sein Recht.

„Nun mal langsam", sagte Köstel, "zunächst benötigen wir erst einmal Ihre Personalien. Anschließend bekommen wir noch Ihre Fingerabdrücke. Und ein schönes Bild machen wir auch von Ihnen. Also, laut Ihren Papieren sind Sie,

Herr Dieter Krusch, Dorfstraße 2, in Heinenfeld."

Was dieser mit "Ja" beantwortete.

„Vorab und nur zu Ihrer Information, Ihr Wagen wurde bereits der KTU überstellt." Krusch war unsicher, der Angstschweiß lief ihm kalt den Rücken hinunter.

Er konnte ahnen, was jetzt auf ihn zukommen würde.

Köstel sagte dann weiter:

„Wir sind überzeugt, in diesem Fahrzeug die Spuren zu finden, die zu unseren bereits vorhandenen passen."

Krusch überlegte, ob er nun den wahren Sachverhalt schildern sollte, oder ob er besser schweige. Andererseits wusste er, dass in dem Fahrzeug wohl alle Spuren zu finden sein werden.

Die Spurensicherung beim Zoll hatte hervorragend gearbeitet. Sie konnten schon die ersten Daten an Dr. Wester weiterleiten. Der wiederum setzte sich mit Köstel in Verbindung und bat, man möge ihm zwölf Stunden Zeit geben, dann werde er umfassende Ergebnisse liefern.

Der Fuchs und auch Till waren sich darüber einig, wenn wir die ganze Bande wollen, dürfen

wir jetzt noch nicht zuschlagen. Es müssen un-
widerlegbare Beweise auf den Tisch. Krusch
hingegen versuchte nochmals, seinen Anwalt
sprechen zu dürfen.

„Nun machen Sie hier nicht so einen Aufstand",
sagte Till, „Sie wissen doch, dass wir Sie
achtundvierzig Stunden festhalten können."

Dann mischte sich Köstel wieder ein und gab
ihm im lächerlichen Ton zu verstehen:

„Ihren Boss können Sie immer noch verständi-
gen, sollten wir Sie dann gehen lassen.

Sie dürfen nicht vergessen, es handelt sich hier
um Mord, Menschenhandel, Freiheitsberaubung und so wie es aussieht, auch um Drogenhandel."

Nun Till wieder:

„Reicht Ihnen das? Wir können Ihnen jedes De-
likt beweisen."

Worauf Krusch dann gleich erwiderte:

„Mit Mord habe ich nichts zu tun."

„Nun, wenn Sie mit Mord nichts zu tun haben,
dann erklären Sie es uns", erwiderte Köstel.

Eine Kollegin bat Köstel, doch einmal hinaus auf
den Flur zu kommen. Er folgte der Kollegin und
diese teilte ihm nun mit, dass man neben der
Unzahl an Spuren auch fünfhundert Gramm

Drogen gefunden habe. Köstel ging wieder zurück, erklärte seinem Kollegen Till das soeben Gehörte, und sagte dann zu Krusch:

„Die mir soeben überbrachte Nachricht ist für Sie vernichtend. Sie bekommen von uns für heute Nacht freie Unterkunft, sie entspricht zwar nicht Ihrem bisherigen Lebensstandard, aber sie reicht um zu überlegen, was Sie uns morgen sagen wollen."

Der Vollzugsbeamte wurde gerufen und Köstel sagte nur: „Abführen."

Krusch hatten sie nun total in die Enge getrieben. Er fragte sich:

„Was mögen die wissen, oder was mögen sie in Händen haben?"

In dieser Nacht konnte er kein Auge schließen. Immer wieder und immer wieder ging es durch seinen Kopf:

„Was mache ich?"

Er konnte sich zu keiner Entscheidung durchringen. Einerseits wollte er seinen Kopf retten, andererseits hatte er Angst vor der Organisation. Der andere Morgen kam und Krusch wurde in den Verhörraum gebracht. Zur gleichen Zeit erschien Dr. Wester und übergab sein lückenloses Beweismaterial.

Im Hamburger Polizeipräsidium wurde Helmut Klein vernommen. Klein, der durch den Tod seiner Frau bis ins Tiefste getroffen war, musste nun auf niemanden mehr Rücksicht nehmen. Seine sogenannten Partner hatten ja ihr Wort nicht gehalten, obschon er der Forderung nachgekommen war.

„Herr Klein ", sagte der ihn verhörende Kommissar, nun erzählen Sie mal, wie ist es denn in Rumänien abgelaufen?" Jetzt versuchte Klein nicht einmal mehr, seine eigene Haut zu retten. Bereitwillig schilderte er, was ihm dort widerfahren sei.

„Es begann damit, dass durch falsche Anweisungen meinerseits an zwei Containern und der Ladung, meiner Firma ein größerer Schaden entstanden war. Dort anwesende Männer haben den Vorgang beobachtet und mir das Angebot gemacht, den Schaden zu beheben. Dieses hatte in mir zwar ein Staunen hervorgerufen, dennoch habe ich dieses Angebot dankend angenommen. Als Gegenleistung verlangte man von mir, eine junge Frau nach Deutschland mitzunehmen, was ich auch gemacht habe."

Oberkommissar Wille kam hinzu und übernahm die Vernehmung.

„Das kann doch nicht alles sein", sagte er, „da kam doch mit Sicherheit noch einiges nach."

„Ja", antwortete Klein, „in meiner Eigenschaft als Geschäftsführer, musste ich des Öfteren nach Rumänien. Als ich nach weiteren vierzehn Tagen wieder dort war, suchten mich diese Männer wieder auf. Einer, der sich mit dem Namen Kowatsch vorstellte, überreichte mir zweitausend Euro in bar. Ich wiederum konnte dieses Geld gerade gut gebrauchen und habe es angenommen. Ich müsse aber dafür meine Zustimmung geben, dass die Ladefläche des Containers um einen Meter fachgerecht gekürzt würde. Von außen wird danach an der Stirnseite eine verdeckte Tür angebracht. Man erklärte mir, dass es bei einer eventuellen Kontrolle nicht bemerkt werde, wenn bei einem vierzig Fuß Container ein Meter Ladefläche fehlt. Zunächst war ich damit nicht einverstanden. Dann aber zeigte man mir Bilder, auf denen der gesamte Schaden und die defekten Container zu sehen waren. Außerdem hatten sie Fotos von der Frau, wie sie in Deutschland aus meinem Fahrzeug aussteigt. Also, wenn ich hier in Hamburg nicht alles Verlieren wollte, müsste ich zustimmen, es ging ja auch eine lange Zeit gut."

„Und warum gab es jetzt Unstimmigkeiten", wollte Oberkommissar Wille nun wissen.

„Das kann ich Ihnen sagen. Es sollte ein weiterer Container umgebaut werden, womit ich nicht einverstanden war. Um den Druck wohl zu erhöhen, hat man meine Frau entführt und mir gesagt, wenn ich den Forderungen nicht nachkomme, werde ich meine Frau nicht lebend wiedersehen.

Ich habe die Zustimmung gegeben. Alles Weitere kennen Sie ja."

Nach der Vernehmung brachte eine Mitarbeiterin den Haftbefehl. Das aufgenommene Protokoll wurde nun per E-Mail an Köstel weitergeleitet mit der Bemerkung, Klein habe sich zwar strafbar gemacht,

sei aber dennoch nur ausgenutzt worden.

Kapitel -21-

Oberinspektor Köstel und Oberkommissar Till betraten nun den Verhörraum.

„Guten Morgen", sagte Köstel, "und ich hoffe, es wird auch einer für Sie. Wenn es für Sie ein guter Morgen werden soll, empfehlen wir Ihnen mit uns zu kooperieren. Die Beweislast ist erdrückend."

Für die Anderen in den Knast gehen, wollte Krusch auf keinen Fall. Er schaute die beiden Kommissare an und wartete ab, was ihm nun vorgeworfen wird.

Oberkommissar Till nahm den endgültigen Obduktionsbericht, den Dr. Wester überreicht hatte und sagte:

„Die uns hier vorliegenden Daten beweisen eindeutig, dass Sie die beiden Frauen, Svetlana Komanasi und Frau Klein ermordet haben. Außerdem haben wir eine Zeugin, die aussagt, dass Sie der Mörder von Frau Svetlana sind."

Frau Komanasi, die zwischenzeitlich schon wieder laufen konnte, hatte Köstel als Zeugin nach Neumünster holen lassen. Die Schlinge zog sich immer weiter zu.

„Herr Oberkommissar, Sie müssen mir glauben, ich habe die Frauen nicht umgebracht, ich sage Ihnen hier die Wahrheit. Ich war immer davon ausgegangen, dass es bei dem Verkehrsunfall, keine Überlebenden gegeben hat."

„Gut", sagte Köstel, „wir werden Ihnen diese Frau gegenüberstellen. Das ändert aber nichts an der Tatsache, dass Sie auch Frau Klein erschossen haben.

„Nein auch das stimmt nicht. Ich will es Ihnen aber gerne schildern, wie es war. Es war ein Unfall!"

Zur Gegenüberstellung ließ Köstel alles vorbereiten. Köstel und Till waren nun gespannt. Jetzt muss doch die Wahrheit ans Licht kommen. Die besagten Vergleichspersonen standen mit Krusch in einer Reihe.

„So, Frau Komanasi, jetzt zeigen Sie uns bitte den Mörder von Svetlana."

Sie stand vor der besagten Scheibe, ihre Glieder zitterten.

„Schauen Sie in Ruhe hin, Sie haben Zeit."

Es dauerte gut zwei Minuten, dann sagte sie:

„Dort, der Dritte von links war dabei. Das ist aber nicht der Mörder. Dieser Mann ist nicht mit uns in den Wald gegangen." Übersetzte die Dolmetscherin. Der Fuchs und Till bedankten sich und ließen Frau Komanasi wieder an einen sicheren Ort bringen. Danach wurde Krusch wieder in den Verhörraum gebracht.

„Nach dem Mord, wie ist es dann weitergegangen?", wollte Köstel jetzt wissen. Krusch ließ man glauben, er sei als Mörder erkannt worden.

„Herr Inspektor, ich war es nicht, ich habe das hübsche Mädchen nicht umgebracht."

„Und bei der Frau Klein, wie haben Sie es bei ihr gemacht?"

Krusch war nun total durcheinander.

„Ich kann nur immer wieder sagen, ich war es nicht, es war ein Unfall. Ja, Frau Klein war in unserer Gewalt. Ich hatte dafür zu sorgen, dass sie nicht aufwacht. Kollege Manfred Kempel, der zwischenzeitlich in Harnburg war, kam in der Nacht zurück.

Als er ins Zimmer kam, geschah es. Ich hatte meine Waffe auf dem vorderen Bett liegen. Auf der anderen Bettseite hatten wir Frau Klein hingelegt. Sie ist wohl in diesem Augenblick aufgewacht, muss wohl die Waffe gesehen haben und wollte sich diese greifen. Sie war ein verdammt kräftiges Weib. Mein Kollege hat das gesehen und gleich geschossen. Sie war sofort tot."

„Nach dem Mord, wie ist es dann weitergegangen", wollte Köstel jetzt wissen.

Krusch ließ man immer noch in dem Glauben, er sei als Mörder von Svetlana erkannt worden.

„Herr Inspektor, ich war es nicht, ich habe das hübsche Mädchen nicht umgebracht."

„Und bei der Frau Klein, wie haben Sie es bei ihr gemacht?"

Krusch war nun total durcheinander.

„Ich kann nur immer wieder sagen, ich war es nicht, es war ein Unfall." Er wiederholte sich.

„Ja, Frau Klein war in unserer Gewalt. Ich hatte dafür zu sorgen, dass sie nicht aufwacht. Kollege Manfred Kempel, der zwischenzeitlich in Hamburg war, kam in der Nacht zurück.

Als er ins Zimmer kam, geschah es. Ich hatte meine Waffe auf dem Bett, gegenüber der Frau Klein liegen. Frau Klein bewegte sich, sie ist wohl in diesem Augenblick aufgewacht. Sie sah die Waffe. Mit der einen Hand wollte sie nach ihr greifen, sie war ein verdammt kräftiges Weib. Mein Kollege hat das gesehen und gleich geschossen. Sie war sofort tot. Ich weiß nur, dass mein Kollege gesagt hat, die Frau war ein Engel im Bett.

Schade, dass sich ihr Mann so stur verhalten hat. Mit ihr wäre er gerne noch des Öfteren hierhergefahren.

„Wo ist hierher gefahren", wollte Köstel jetzt wissen.

„Hotel zum Adler", das ist in der Nähe von Lübeck nicht weit von der Autobahn."

„Dass wir Sie belangen wegen Mord, Menschenhandel, Freiheitsberaubung, und wie es jetzt auch feststeht, wegen Drogenhandel, dürfte Ihnen wohl klar sein", sagte Köstel.

Kapitel -22-

Alle gefundenen Fingerabdrücke, sowie die er-
stellten DNA-Analysen ließ Köstel überprüfen
und vergleichen. Es war die reinste Fundgrube.
Ein einziger Fingerabdruck, der niemandem zu-
geordnet werden konnte, fand auch seinen Be-
sitzer. Köstel hatte in der Zwischenzeit Antje
Stein und Fiete Olsen damit beauftragt, über ge-
führte Telefongespräche der Beteiligten per
Handy und Festnetz herauszufinden, wo sich
die Zentrale befindet. Er war sich sicher, an einer Stelle läuft alles zusammen. Durch die Netz-
betreiber konnte der Ort der Zentrale ermittelt
werden. Es war das Anwesen der grauen Eminenz. Jetzt wurde eine Großaktion eingeleitet.
Auf die Sekunde genau wurde zugeschlagen. Es
hatte keiner mehr die Zeit, den Anderen zu war-
nen. In der Zentrale wurde dann der Boss und
Manfred Kempel verhaftet. Die Bewacher wurden festgenommen und die Mädchen den Behörden übergeben.

Um sich für den aufopferungsvollen Einsatz seiner Mitarbeiter zu bedanken, ließ Kriminalrat
Dr. Schlauer alle Mitarbeiterinnen und Mitarbeiter nach Kiel kommen. Es stand ja auch noch
110

die offizielle Ernennung des Herrn Köstel zum Oberinspektor an. Mit dieser Zusammenkunft wollte nun Dr. Schlauer zwei Fliegen mit einer Klappe schlagen und dem Ganzen den richtigen Rahmen verleihen. Nun waren es aber mehrere Flaschen Wein.

ENDE

Zeitfracht Medien GmbH
Ferdinand-Jühlke-Straße 7
99095 Erfurt, Deutschland
produktsicherheit@kolibri360.de